相忘于江湖

陆大雁 著

内蒙古文化出版社

图书在版编目（CIP）数据

相忘于江湖 / 陆大雁著 . -- 呼伦贝尔：内蒙古文
化出版社 , 2025. 3. -- （中国好美文）. -- ISBN 978-7-
5521-2590-0

Ⅰ . I267

中国国家版本馆 CIP 数据核字第 20257XT003 号

相忘于江湖
XIANGWANG YU JIANGHU

陆大雁　著

责任编辑	白　鹭
封面设计	鸿儒文轩 · 末末美书

出版发行　内蒙古文化出版社
地　　址　呼伦贝尔市海拉尔区河东新春街4 - 3号
直销热线　0470 - 8241422　　邮编　021008

排版制作　鸿儒文轩
印刷装订　三河市华东印刷有限公司
开　　本　880mm × 1230mm　1/32
字　　数　150千
印　　张　7.5
版　　次　2025年3月第1版
印　　次　2025年3月第1次印刷
书　　号　ISBN 978-7-5521-2590-0
定　　价　68.00元

留给那些消逝的永不重回的时光

目 录

第二辑　时光太窄　指缝太宽

第三辑　人间有情　草木有意

第一辑　左手年华　右手倒影

孩提时代

世界的初始对我来说，是一扇糊着湖蓝色印花塑料纸的窗户。我刚睡了美美的一觉醒来，母亲微合着眼靠着床框打盹。阳光很艳，我只能眯着眼。世界在开端里是一片深深浅浅的湖蓝色。我觉得自己的那一觉睡得很长，在一个温暖又潮湿的地方，睡了很长。我还不会思考我如何会到这么一个地方来，来做什么。只是印象里，有一个我了。那是夏末初秋，母亲给我取了一个名字，单名：炎。

我已经记不清是如何学会走路的。学会走路之前的印象，是一张小小的竹椅，母亲在我的腰间围了条宽宽的布带子，拴在竹椅的背上，打一个漂亮的蝴蝶结。竹椅常常搁在田头，我在棉花和油菜花的阴影里随母亲的锄从这头搬到那头。我还不习惯抬头，一个真实的世界里有的是整垄的田地，泥土的芳香。油菜开着硕大的花（在一个孩子的眼里是硕大的），各种小虫子在叶片上爬行。我不会说话，习惯倾听，我牙牙地和它们对话。母亲会停下来，温柔地看我，阳光照着她额上细碎的汗珠子，亮闪闪的。

我对着那些细碎的光芒牙牙地说上一阵子话。

那是一九七五年。

我摇摇晃晃地朝母亲张开的双臂跑过去。跑过去，在那时，是我唯一的目的。多年之后，当我在城市的街头拦住一辆出租车闷头钻进去，对着司机说出我心里默念了三年的地名，在疾驰的风里就想念那样一种奔跑。

而一九七五年秋天，我还刚刚开始在一个小庭院里跌跌撞撞地前行。很多树的叶子一层层地落在院子里，榆树、梨树、枣树、桑树、槐树……我听得到它们坠落下来时划破阳光的声响，明朗的，不紧不慢。现在我清楚地知道那是近似于流水的声音，细到极致。又仿若生命的过程，从此地到彼地，终结，又重生。我摔了一跤，在我还完全不可能思考这些问题的时候我摔了一跤。第一次，母亲带着我去医院。

因为害怕，因为不知道该怎么面对摔倒，我铆足了劲大哭。

北京籍的白大夫问母亲："她为啥哭？"

母亲说："疼。"

白大夫问："她告诉你的？"

母亲说："没。"

白大夫又问："那你咋知道她疼？"

母亲于是想想也是，愣着看白大夫。

"叫啥名？"白大夫指着我。

"炎。"母亲回答。

"什么炎，女孩子家，应该叫雁，大雁的雁！"

白大夫顺口一句，母亲就当了真。想想人家白大夫定是见过大世面的，赐了这个字，就得了宝似的，回家忙不迭地宣布："炎现在唤作雁了。"如今我常思忖，那白大夫身居异乡，想是常盼着能南南北北地来回飞吧。而我因此成了：雁。

母亲确定我有了丰富的情感，是在春日的一个午后。那日她正在阳光底下纳鞋底，针脚细密。老式的红灯牌收音机里播着日本的广播剧《龙子太郎》。在太郎大声哭喊妈妈的当口，我较之嘹亮十倍的哭喊整整维持了十五分钟。迄今，这是印象里哭得最痛快淋漓的一次。如果隐隐感觉悲伤，那么这种悲伤是不是来得太早？这个广播剧在之后的三十多年里，再未闻过。而时间，教会人将悲伤隐藏。

七岁。我开始读一年级。

我之所以跳过其间四年，是因为我迫不及待地想穿过时间的阻隔到达那座破旧的小学校。那是记忆里清晰的时光，纯粹、纯真又让人叹息。我很容易记起那些桌椅，歪歪扭扭，肮脏破旧，但粗糙得让人心疼，让人温暖。那个教我们所有课程的女老师姓陈，刚刚高中毕业。扎两条乌黑的麻花辫子，眼睛细小狭长，习惯抿着嘴笑。灰罩衫里翻出灰蓝色的确良的衬衣领子，整齐干净。她对我极好，以至于我认为那是唯有我才享有的独特待遇。一次，我蹲在讲台下捡粉笔头，隔壁二年级王老师三岁的儿子跑过来，用敲钟的铁陀冲我头上就来了一下。我记得那个小子的名字，叫王二小，他不放牛，却把我的头当钟敲。

第一次流很多的血，不感觉疼痛，只是感觉像倒满了的热水从杯口向外淌。陈老师搂着我哭了，我模糊地以为那些流下来的热热的都是她的泪水。母亲把我领回了家，拗不过我，第二天背着缠了一头纱布的我上学。正是早操时间，整个操场上都是高高低低的孩子，学校的屋顶也是高高低低的灰暗。而围着那些孩子和我的是数十棵四人得以环抱的梧桐，我站在掉落的梧桐叶片上，看着整群高高低低的孩子做着极不整齐的早操。陈老师边念口令，边不停地微笑着看我。而我就在那样一个高高低低的世界里，领会到了一种无须言语的交流。

三十多年后的今天，她是我们居委会的主任，发福了，伶牙俐齿。有次因公事到我办公室来客套寒暄，我终是未再提及儿时的事来，怕是她已忘却。数月前一起去杭州，她邀我陪她去买鳄鱼恤，白色镶青条的T恤，藏青色的裤子，让我再也找不回那个灰罩衫里灰蓝色的确良衬衣的身影来。

很多印象都在七岁里蓦然呈现出来。比如死亡。

那个空无一人的夜，只有白得晃眼的月光，清冽冽无声地照着。

我在午夜醒来，发现自己独自一人躺在偌大的木床上，月光隔着那扇糊着湖蓝色印花塑料纸的窗户透出隐约光芒，我惊恐地坐直了身子，在暗夜里瞪大眼睛。世界仿佛就剩下我一个人，找不着边际的恐惧四散开又围拢来。赤着脚跳下床，逃离空无一人的屋子，那个午夜的月光惨白惨白地照在一条路上，七岁的我光着脚在一条长路上奔跑着，四周空寂寂的，只有喘息声漫延着、漫延着，听得人胸口闷胀。我一直奇怪自己的方向，仿佛知道那种无声的惨白来自哪里。当我光着脚站在外婆家洞开的门前，看着忙乱的人群，我默不作声地呆呆站立着，直到小姨看到我，大呼小叫地喊母亲过来。母亲来不及安抚我，嘱我在一条木凳子上坐下，眼睛红红地招呼着众人忙去了。我光着脚走进那间屋子，屋子里很安静，东西都搬出去扔在场外了，太奶奶躺在床上，被子蒙着脸。他们都说：她已经死了。

我那天天亮的时候才穿上鞋子。很多年后，母亲一提及，总是心疼地掉下泪来。而现在，这是死亡给我的唯一的景象：静得没有一丝声响，青白青白的月色，干干净净地洒在地上，没有树的影子、人的影子，只有一条长路，空荡荡地延伸着……

离开那所灰暗破旧的学校那一年，下了场很大的冰雹，和班里一个叫顾月寒的男生用簸箕铲除堵在门口的白色冰珠。他的铁箍车得很好。小时候男孩子们爱玩的游戏，找废弃木桶上的铁箍，再用一根细铁棍弯折成带钩的样子，滚动铁箍，用铁棍车着往前走，可以玩很多种花样，弯弯曲曲，随心所欲。我常常不甘示弱，和他们从墙的这头比赛到墙的那头，每回输给月寒，心里就恨恨的，顺口给他取了个绰号：滚圆圆。于是一大帮女生追在他屁股后头喊:"顾月寒滚圆圆。"喊完了就前仰后合地笑。很多年后,在回家的车站遇到他,想起这段往事,就禁不住笑出声来。

孩提时代的纯真,就像阳光下清蓝的湖水一样。

家·油纸伞

　　小时候一个人待在家里的那个午后，屋外突然下起了雨，从屋里望向外面被雨水冲刷得光洁的院场，想着："家"究竟是什么呢？想了一会儿，独自站起身来，从屋子的角落里拿起一把大大的油纸伞撑开，走到雨中，蹲下身来。在这个被雨水冲刷得光洁的院落当中，世界是那么无边无际，而家，不过是手中那把撑开的油纸伞。

　　记忆里最初的家，是没有房子的形状的，只有屋子，和屋子里的一根柱子。屋子的记忆只有三间：堂屋、卧室和灶间。我总是觉得叫它"卧室"太文绉绉了，那只是个睡觉的地方，一张床、一个柜子、一扇窗户。窗户上用湖蓝色的塑料纸挡着，阳光总是不紧不慢地从外面透进来。堂屋里唯一的记忆是西墙上吊挂着的一个骨灰盒——没见过面的奶奶的骨灰，其余的便是一片高低不平的泥土。我想起来，那根印象里最深的柱子应该是在灶间，小时候无数次用手扶着它不停地转圈，这是最开心而乐此不疲的游戏。柱子底用一个石臼垫着，转累了，便磨蹭着靠近它蹲下，看母亲往灶膛里加柴火，锅盖沿儿口就扑扑地泛起白色的水汽。那段时间该是六七岁的光景，房子、屋子，以及家的感觉仅是这些。

家的旁边有一个茂盛的竹林。当记忆里的三间屋子拆除翻建的时候，我正躺在竹林中间的帐篷里发高烧。那会儿帐篷便是屋子，便是整幢的房子。我躺在父母结婚时躺的红漆大床上，昏昏沉沉地看着几个小伙伴将整整两篮的小酒盅一个一个装进了他们的口袋。那些原是爷爷为了讨我欢喜从上海带回来给我玩的物件，我没有力气和他们说。那些小子并没有把这个帐篷当成是我的家，所以他们也根本没有把这整整两篮的小酒盅当成是我家里的东西。我眼睁睁地看着他们取走了属于我的小酒盅，我只能躺在床上哭，烧得更厉害了。等高烧退了我能起床的时候，记忆里的三间屋子已经完全没有了，取而代之的，是红瓦白墙，一幢没有栏杆的小楼，和一片尘土飞扬的院场。

我现在一直做梦梦到的家，便是这段时间里的这幢小楼和这片院场。院子里有两棵白婆枣树。夏天，树上会掉毛毛虫，所以母亲总是叮嘱我不要在下面停留太久。父亲一直想把它砍掉，我却死活不肯。白婆枣松松脆脆的味儿很是诱人，我嚷着想吃的时候，母亲总是用长长的竹竿敲下来，我拿个升罗在底下捡，枣子掉落下来打滚的样子就足以让人雀跃。

当然，白婆枣还有个功效是令母亲最满意的，每每我不愿抄写生字，母亲便用打好的一升罗枣子诱惑我："乖，写一个字就吃一个。"我总是急急地点头，怕一会儿母亲会反悔。于是那幢小楼的印象就只剩下了两棵白婆枣树的影子，房子只是在背景里淡淡地闪现，可我一做梦就梦到它，梦到院外桑树、榆树、槐树、香樟树被风吹散的叶子，落满了整个院子。整个院子和那两棵枣树就是梦里的家。

当这幢小楼被重新粉饰，并拆去它原先的屋顶又加盖一层的时候，我已经开始工作了。父亲、母亲、爷爷在不知不觉里渐渐缩小。房子被贴上灰蓝色的条砖，换上灰蓝色玻璃的铝合金窗户，底楼雕花的窗和大门用朱红的漆再次涂过，我已经快认不出它们原先的样子了。院子里的白婆枣树终是被父亲砍掉，母亲也不再阻拦。她知道我已不需要一升罗的枣子才能抄写生字。她在院子里种满了菊花和月季，原来枣树的位置，便被最大的一株月季所替代，花朵们年年艳丽芬芳地开着，每次我站在它们面前，闻到的却始终是白婆枣松松脆脆的香味儿。院场再看不到灰土，水泥将灰土覆盖。那些桑树、榆树、槐树、香樟树在院子扩大后搭起的高高围墙外被风吹着，斜伸的枝丫也被父亲用锯子一一修掉。院内的大门口，新栽了两棵盘龙树，错综扭动的身体，翠绿细密的叶子，鲜有被风吹落的时候。

这座粉饰一新、高大雄伟的房子，和用琉璃瓦铺就的门楼，我一次都没有梦到过它。爷爷在那里死去。我每次在黑夜里想起爷爷住过的屋子，也就剩下一个没有油漆过的雕花的窗子，能看到木头自然的纹路和停留在上面的灰尘。爷爷死后的那一年，这幢房子也不复存在。在那个炎热的夏季，家成了一堆瓦砾。我回去的时候，看到母亲弯着腰在一堆残砖断瓦之间不停地敲打着。头上扎着浸了水的毛巾，所有的树木、竹林已经被砍伐。曾经盛开的花朵们不知被埋在哪堆泥石下面，沿江经济开发区已将我的家圈在了它的范围之内。

如今，家是拆迁后沿街的三层商住楼，底下的店面出租给了移动公司，后面的屋子父亲母亲打理着办起了客栈。一切都是欣欣向荣的模样，可我却心生疑虑，家在哪里呢？隔着玻璃门能望到外面小区的花圃郁郁苍苍，但那些都不再是心中的绿意。

母亲香
——写给母亲夏惠珠

　　临近中午，又下了一阵暴雨。踩着雨点，上街给母亲买"瑞可爷爷"的蛋糕和"锡笼记"的汤包。在母亲身上，我不敢乱花钱，不是因为钱，我只是怕母亲不高兴，怕她又数落我，说她什么都不缺。

　　母亲是个极其节俭的人，一年到头，自己难得有花钱的时候。要有，也只是逢着爷爷忌日，上街买几捆锡箔，或是逢年过节买上一对红烛、几捆香，去清凉禅寺祭拜。记得刚工作那年，领着第一份工资，给母亲剪了几尺丝绸，让她量身做几件衣裳。衣裳倒是做了，却一直挂在衣橱里未曾见她穿上身。那会儿，她还在自来水厂上班，个子高挑、皮肤白皙，平常的衣裳都能穿得风生水起。

　　母亲极爱读书，名人传记、小说散文、随笔诗歌，什么都看。又有她自己独到的看法和感悟。她和我聊《生命的留言》里对生死的感悟与开阔，"人生路上自有繁花似锦，休要慌张，仔细看，慢慢行。哪天我不在了，你就当我是远游去了"。知道我喜欢诗歌，母亲也会和我聊海子，有首《纸鸢》她记得最真切：你自由的程度 / 等于线的长度 / 挣脱了 / 也有一条未蜕化的尾巴 / 你以为是在放牧白云 / 谁知是风放牧你 / 总有一天 / 你不能拒绝土地的邀请。她说，静静地体会，每个人都能从中领悟到不同的生命和自由的真谛。闲暇的时候她也会和我细数《三十六计》里的谋略与智慧，她看书看得比我仔细，又有爱记录的好习惯。小的时候常看到母亲有本牛皮纸封面的本子，里面是她手抄的段落和句子，那是她专享的手抄本，非常珍贵。如今这习惯还在，只是抄写之前，会摸索着掏出老花眼镜戴上。这些年的操劳，虽然在母亲的脸上留下了深刻的印迹，但在她的身体里，总有一股陈年的香气充斥在她的四周，这香气常常令我迷恋。所以，年少时，母亲是我的偶像，是我向往的长大以后的样子。

　　母亲与生俱来有着一种悲天悯人的情怀，路过家门的流浪者，她会邀至家中给上一口热茶热饭，上街若是逢着腿脚不便的老者，她定是要上前搀扶一把。记得有一次一个老太太在我家附近迷路了，向母亲打听回家的方向。母亲详细地说与她听，目送她走远了还不放心，急急地骑了辆自行车追上去，愣是寻了好几个新村才把老太太送回了家。母亲又是个极豁达开朗的人，虽然生于乡村，却从不参与邻里口舌，

"静坐常思自己过，闲谈莫道他人非"，她一直这样训诫我。没有拆迁之前，母亲一直是村里最好的倾听者。长年淡出是非的个性使母亲自然而然成为人们遇到烦扰之事时的宣泄出口，长年读书的熏陶又使母亲有足够的智慧和耐心去宽解或醒示对方，因此，作为一个外来媳妇，母亲在村子里一直备受尊敬。

母亲二十二岁的时候嫁给了比她年长六岁的我的父亲。父亲家里穷，家境殷实又容颜可人的母亲或许是看上了父亲的才气和帅气吧。当年苏州市选送了两位飞行员，父亲是其中之一，后因为鼻子上一道不起眼的疤痕而落选。对此，父亲耿耿于怀，我倒是庆幸，没有当上飞行员的父亲造就了我，令我有幸成为他们的女儿。

父亲和母亲的自由恋爱在那个年代着实轰轰烈烈了一把，我很佩服母亲的勇气。虽然这些年常常听他们相互唠叨埋怨，但是在过去的岁月里，母亲用她的智慧和胆识与父亲一起撑起了一片天空。二〇〇二年，开发区动迁时，母亲第一个站出来选择了置换商住房。如今她和父亲经营着一家小小的客栈，生活丰润而自足。二〇〇八年，当我们决定在城市的繁华处买下一套房子的时候，母亲从厚厚的本子里，数出二十几张存单，我跑了五次银行，才把它们汇集成"八十万两白晃晃的银子"。这些"银子"在这些年如何从母亲节俭的手里汇集起来的，在我想来，是个神话。但正是母亲创造了这样一个神话。

我的朋友们常常这样提及我的母亲：看上去通情达理，

温文尔雅，很是善良。我喜欢她们或他们用善良这个词来形容我的母亲，就像母亲从小对我的教导：善为本，有所为，有所不为，心平和宁静，方可若莲花。

回到家，把蛋糕递给母亲的时候，我说："妈，今天是母亲节呢。"我看她小小的意外后很开心的样子，禁不住内心喜悦。只是待我到外面转了一圈回来问她蛋糕可好吃的时候，她却很不好意思地回我："刚给你外婆送去了，你不是说今天是母亲节嘛。"看我愣了下，忙又补充，"我妈给我切了一块，真的很好吃呢。"

自古以来，父母们都以有个能成材的儿女而自豪，却不知儿女们能有个贴身的好老师是何等的福分。最近流行这样一句话：你现在的气质里有你走过的路，看过的书和爱过的人。我想，有母亲的恩泽，我就什么都有了，而这股香气在母亲和我的体内会继续蔓延，历久弥香。

年华似裳

　　回老宅整理旧衣物，在阁楼的柜顶上翻出一个土布包裹，里面是一件灰褐色底子、姜黄色圆点的薄棉对襟小袄。瞬间，一个四岁的小丫头在生产队仓库角落里双脚悬空坐在长凳上的模样，就在这初冬午后阁楼的光线里铺陈开来。那是一九七八年，父亲还是生产队的会计，负责计算工分，而年幼的我，总是梳着齐整的小辫儿，穿着这件用母亲的衣裳改做的小袄，端正乖巧地跟随着我的父亲。生产队里的叔婶伯姨们免不了摸摸我的小辫，说上一句："哩个小细娘，一件灰不拉几的小衣裳都能穿得这般标致。"那时的我不懂得这种讨好式的赞美，但小袄子柔软体贴的棉布质感，带给幼小孩童的是最直接的安全感。

　　柜子角落里叠放齐整的是几件母亲一直舍不得扔的的确

良衣裳，一看到的确良就能穿越时间的阻隔到达一九八〇年，布料是一种深植在时光里的记忆。母亲说，那年头，听到邻村的姑娘家收到的聘礼是的确良布匹和尼龙袜子就会羡慕老半天。小时候的衣服基本上都是剪了布再找裁缝定制，每每母亲去镇上供销社的布店剪布，我就央求着一起去。店铺里，颜色鲜艳的布匹紧裹在一块块长木板上，整齐地排列在旧式货架上。店员手持裁衣剪，熟练地抖一抖母亲为我选中的一块粉蓝相间的的确良布料，量好长度，"刺啦"几下就裁剪下来，随即又熟练地折叠成小小的一块，用一张牛皮纸包住半边，扎上扎绳。那"刺啦"声令人通体舒畅，而更舒畅的观感来自裁剪后的收银。从布料柜台到收银员的柜台之间会有几条铁丝相连，铁丝上挂着几个铁皮夹子，负责裁剪的店员会把单据夹在夹子上，用力一甩，夹子携带着票据就如滑雪一般带着优美的弧度降落到收银员的手中。夹子和铁丝之间的拉扯感，比裁剪时剪刀和布匹的决裂声更让人心生愉悦，这也正是我每次都赖着母亲前去的缘由。岁月无声又有着它只能意会的声响。

　　旧衣物里有很多涤盖棉材质的衣服，母亲一直舍不得扔，就都存在阁楼的柜子里。记得去镇上的学校上学后，我便一直跟随着母亲。一九八七年左右的光景，母亲在机械厂裁剪车间上班，那几年我所有的衣裳都是用车间里裁坏的布料所制。一套紫色涤盖棉套装，超长开片的上装，同色的小喇叭口裤子，围一条母亲亲手编织的白色马海毛围巾，在校园里一走，会听到花树下少年喊出的那一句："看，穿紫衣的女孩！"青春真好啊，那时的美丽不用精雕细琢就会散发在阳光中。

成年后极少穿紫色，这样充满想象的色彩，只能远望。恋爱时，被心仪的人拉到玻璃柜前，指着一件紫色的大衣说：这衣裳天生就是为你而设计。纯手工钩花的领子，A 字形宽大的下摆，旋转时有轻快的风声，那份好看的喜悦来自甜蜜而又傻傻的恋爱。后来分手，衣裳就一直压在柜子的角落里，好几次想把它寄回去，物是人非，早已找不到新的地址。年华里应该有的那些时光，变成保存在柜底的一件衣裳，再也无法寄出。

柜子夹层的盒子里，是一件微微发黄的白色连身长裙。每年拿出来晒晒复又放进去。关于它的时光要追寻到工作后的一九九五年。那一年，在老街的拐角租下一间四十平方米的小屋，独自生活。彼时偏爱白色，这一袭棉布花边的白色长裙穿得最勤。空气里飘满桂花香气的时节，穿着它独自从老街的这头，走到老街的那头，不经意间成了别人眼中的风景，也成就了一段不算长也不算短的姻缘。多年后，才猛然醒悟，一切的因果缘由居然和一件衣裳有着隐秘而晦涩的关联。而那个说着"我就是看到你穿着白色裙子的样子，想一定要娶这个女孩"的男人，也早已兜兜转转成为陌路。

午后的阳光从阁楼的窗户缝隙里斜射进来，仿佛能听到岁月不管不顾，兀自流逝的声响。而很多衣裳，也只穿在华年。年轻时穿了好看，年长后再不能随意套上身。只有旗袍这样独特的衣，随着时间的沉淀，尽管容颜褪色，却会因着内心的丰盈而愈发显得楚楚动人。如今的衣柜里因此而多了旗袍这个角色，日日穿着也不再觉得刻意。我想，衣裳应该也有灵魂，而它们的灵魂依附于我们的身体和气息，我们一举手，一投足，便能让它们鲜活。

人到中年，也找到适合自己的生存状态，做自己想做的事情，学会忍耐与宽容，偏爱起宽大的袍子——这种有足够容纳度和想象的衣衫，能够把身体完全隐藏在里面。不管我们内心有多大的波澜，它们总能令我们看起来是默默的，平淡的，温和的。很喜欢这样一句话：各人住在各人的衣裳里。包容我们的衣，应该就是时间与记忆的载体。

一路走来，时光的柜子虽然落满尘埃，但我们的记忆总会随着一件旧物苏醒。那些尘封在我们记忆中的，不仅仅是一件衣裳，更是被这件衣裳所吸附的年华。它可能是一个孩童清澈的初心，一个少女或少年闪亮的憧憬，一个中年沉淀的风霜，一个正在风中赶来的未知。

轮　回

（一）

　　爷爷有两个儿子一个女儿，听母亲跟我说，大伯是大奶奶生的，姑和父亲是二奶奶生的，大奶奶生了大伯后耐不了饥荒，出去要饭，就再没回来。爷爷将对大奶奶的恨全都转移到了大伯身上，而这恨在爷爷娶了二奶奶之后彻底换了个位置，大伯自那以后没再朝爷爷笑过。

　　大伯十八岁那年在村东搭了间茅屋，算是自立门户了。生产队看大伯人老实，就让他当了会计。集体吃食堂那会儿，还让他掌管食堂。整个生产队的人排队到食堂领吃的，每每回来，二奶奶、父亲和姑的碗里总是空的。爷爷从不去求大伯，大伯也从没觉着欠了爷爷点什么。

那年代过后，一切都恢复了原样，旁人没觉着什么，大伯却一下子觉着虚了。

爷爷年轻时曾在上海某家大工厂当过炊事员，到了退休，竟也按月领点生活费。打那以后，大伯常来家走动，爷爷也隔三岔五地塞给他几十块钱，大家都想着自个儿的心事。

爷爷说，都三十好几的人了，也该找个媳妇成个家了。大伯也想呀，可人就怕穷，况且大伯自小心脏就不好，这两样搁在一块儿，谁家姑娘愿意呢？说来也巧，邻村郭家的二姑娘，二十二了还没找着对象。听说这姑娘小时候三岁才断奶，七岁会走路，八岁学说话。媒婆瞅着，这可同大伯天造地设呢，婚事一拍即合，且草草了事。伯娘比大伯小了足足十二岁。

婚后的第二年春，伯娘给大伯添了个男丁，那年大伯三十六岁。大伯说，他这年岁得子，苦尽甘来，娃的名字就叫"阿甘"吧。伯娘乐得在村里逢人便说，儿子好啊，屋檐高三尺哪！偏偏阿甘不争气，去学校读书，每次考试，都得"0"分。实在读不下去，到十六七岁就去学了理发的手艺。二十岁光景，在村南开了个理发店，生意倒还可以。

那段日子又是大伯家引以为豪的日子，还是儿子好啊，养这么大就可以赚钱养家了。钱是赚到了，可就没见着往家里带，伯娘思忖着，儿子大了，该娶媳妇了，就让他自个儿留着，备着吧。

阿甘在理发店结识了一个贵池妹子，绰号"胖子"。阿甘还真动了心，可那胖子吃他的，用他的，就没想着和他成亲。三个月后，胖子回了贵池老家，伯娘叹了一个星期气。但这事只能窝在心里，不好说，没面子啊。没想着，胖子半个月后，竟然从贵池回来了，还带了个姑娘，说是同村的，愿意在这落地生根。阿甘想想胖子还算有良心，这事有了这个结局也够划算，就应了。伯娘一下子来了精神，挨家挨户坐个半天，说儿子如何如何能耐，扔了胖子，人家又死心塌地地给找了一个来。别人听着半信半疑，可看着那个叫小花的姑娘确要比胖子多几分姿色又不得不信了起来。几个儿子还打光棍的主竟也生出几分羡慕来。

那当口，伯娘是得意的，得意得有点忘了身旁的一切，忘了因造房而欠下的两万元钱，忘了大伯的病也该去医院好好治治了……

伯娘的得意因小花的能干而不断蔓延着。小花确实里外都是一把好手。如今的姑娘，谁还能像小花一样大热天顶着烈日到田地里喷洒农药，谁还像小花一样围个油腻腻的围裙，东家阿婆长、西家大娘短。这一切都对了伯娘的胃口，伯娘围着小花闺女长闺女短，喜得那个样儿，连小花的名都忘了。

两年后，小花不负众望，又给大伯家添了个男丁。伯娘大概觉着这当口，自家的屋檐又高了三尺，该是全村冒尖的了。伯娘的幸福一下子涨得满满的，不知该如何存放。

爷爷却在伯娘满脸桃花的当口，不合时宜地去了，所以伯娘一下子很难从那堆幸福里抽身出来。

爷爷开丧那天，按村里的规矩，每家出个一百块钱。姑出了六百，轮到大伯，却没了影儿。阿婆说："人穷，也不能穷得连爹都不认啊。"母亲说:"不会的,阿哥不是这样的人,也许他另有打算吧。"

三天后,爷爷的骨灰呈在堂前,也未见伯娘来哭上一声,大伯来喊上一句。许是大伯和伯娘都还沉浸在得媳得孙的喜悦中,而忘了为人子该尽的一份孝心吧。

阿婆又说了:"真造孽啊,可别忘了你也有儿,儿也有娃啊。"

伯娘说:"这丧事用了一万,也该多几千块,何况这一万怕都是老头子留下的退休金,我们家可没得一分钱!"母亲说:"做人不应该总记着别人的不是,常想想自己,要对得住自己的良心,事情过去就过去了。"

(二)

听说那外地的妹子生了娃之后,得婆婆好好照顾着。许是伯娘没照顾好小花,得了孙之后,伯娘的喜悦像吹过头的气球,"砰"——爆了,"啪"——淡淡地消失在她身旁的空气中。

伯娘又常来家走动了,话题不外乎是大伯多年的老毛病以及小花如何如何指使她干这干那,说小花的妹妹来看小花都一个来月了,家里养个闲人,啥时到头呀……这话在家说说也就罢了,东家说西家说,传来传去,让媳妇听在耳里就成了惹祸的根。小花一气之下与妹妹一起去了上海打工,扔下八个月的娃,还扔下一句话:"俩老的没一个中用的,死光了倒省事！"

这下苦了伯娘，拖个刚断奶的娃，还得照顾病病歪歪的大伯。伯娘抱着娃来家诉苦，娘说："何苦呢，别给自个儿的娃做榜样啊。"

村里的老老少少都估摸着大伯怕是过不了年了，都说这心脏病该去医院治啊。

大伯来找父亲，说："弟，你给说说，阿甘这娃，不拿钱出来给我看病，我死了都不闭眼。"父亲说："你自个儿的儿，让我这叔怎么讲呢？"话是这么说，父亲还是去找了阿甘，阿甘说："我哪有钱，有了总要给他看的。"

于是大伯的病就这么拖着。村里的人好像都预定了大伯的死，对大伯的生都淡化了。以至于那天，伯娘突然在堂屋倒下，在送医院的途中撒手西去的时候，人们都无法回过神来。直到开丧那天，伯娘裹着黑纱的照片在灵台上望向大伙的时候，人们仍在心里嘀咕："怎么会是她先去了呢？"

伯娘死于突发性的脑出血，大伯像是傻了似的缩在角落里，小花在上海杳无音信，"都快过年了，也该回来了，"大伯絮絮叨叨，"也该回来尽一份儿女的孝心，磕个头吧……"

阿甘抱着娃，哭丧着脸，逢人便说："这办丧事的钱哪有哇……"父亲说："甭急，我这有几千块先凑合着用吧，能赊的就先赊着，等收了丧礼钱，再还也不迟。"阿甘于是忙活着办伯娘的丧事。伯娘生前造房曾向她哥借过四千块钱。这会儿轮到她哥出丧礼钱时，她哥对记账的先生说："给记上四千块，现钱就不拿出来了，在借款上划账吧。"记账的先生愣了，这可是出世以来头一遭，也没见着出丧礼钱划账的事。旁的亲戚听了，暗自思忖着，这舅可是将外甥给看扁了，将妹子给辱没了，妹子一走，就担心着钱没人还了，这人情、人心真是难测哇，妹夫还在，就没拿他当个人看！

伯娘若活着，不知怎么想，难道当初没给公爹出礼钱得了报应？

（三）

小花和妹子回来的时候，是伯娘死后的第四天。人们对伯娘的死已经理所当然地接受了，所以人们的注意力一下子集中到小花身上。去上海打工，都干了啥呀？想着回来了，婆婆都给你咒死了，你可怎么收场啊！为人子女，你尽了哪份孝心？

小花和妹子是提着大包小包回来的，大包里是给娃和自个儿买的衣服、鞋子，小包里是些零零散散的土特产。她们像外出旅游归来似的一路谈笑着进屋，那笑声又在看到伯娘在灵台上瞪着她俩的时候戛然而止。空气中弥漫的黄纸味儿让她们足足愣了一分钟。小花倒是先转过神来，拖着妹子直直地跪了下去，拉开架势哭了一通。大伯说："罢了，快吃饭吧，赶了一天的路也累了。"小花忙着起身找娃，给他试新买的衣服、鞋子，并使唤妹子给剪块白布别在头上。

阿甘忙着拿账本给小花过目："这丧礼钱收了一万一，用去八千，还多了三千块，给娃买份保险也就差不多了。叔家、邻里的借款，再说吧。"大伯搭话："阿甘，我这病，也该治治了……""再说吧。"阿甘收了账本，与小花回房去了。

大伯想，伯娘这会儿在干啥呢？

房里，小花戳着阿甘的脑袋说："爹要看病，你就给看呗，村里旁人看了，怎么想？上回叔不是也来说过吗，那不就好办了，没钱，问他借去。娘以前不是常说，爷爷退休金有好几万都留他家了，真笨！你那些个存款，不得留着娃用！"

阿甘有了豁然开朗的感觉，到底是小花行，这脑子好使。

阿甘拿着问爹借的四千块钱带大伯住进了医院。听村里去探望的人说，阿甘吃不惯医院食堂的伙食，常一个人溜出去外面小饭馆里开小灶。

一个星期后，阿甘将大伯留在医院，独自回了家。小花去找姑，说这医院可怎么住得起呀，你快和叔去把人给接回来吧。姑想，这哪成呢，这可是你们的亲爹呀，你们这是将责任往哪推？父亲听了，什么都没说，揣了三千块钱去找阿甘，说："拿着钱，去把你爹给接回来吧，人要脸树要皮，给你和你爹都积点德，这往后的日子还长着呢。"

大伯一直被蒙在鼓里，他以为儿子回了一次家，就来接他出院了。对于阿甘，大伯这回算是满意了，儿子愿给爹看病了，伯娘要是知晓，又不知会乐成啥样！

大伯的身体没有因为医院的短暂治疗而有所好转，这病本该是长期住院治疗的。阳光好的日子，大伯就搬张藤椅坐在檐下晒太阳。对阿甘和小花而言，大伯已成了一个累赘，一个多余的物件，只是实在无法随手扔掉而已。他们不去过问大伯的饮食、起居，他们只生活在自个儿子的情绪里，就如同当初的大伯和伯娘一样。

大伯的脸越来越少了生气。那天，父亲去看他，他正坐在檐下的藤椅里。父亲说："这天阴阴的，你坐这吹风？"大伯没说什么，眼睛直愣愣地盯着远方，突然冒了一句："阿甘这娃命苦哇——"爹愣了，又猛然醒悟，大伯是在自个儿的身上看到了阿甘的将来，想起娘常说的：别给自个儿的娃做榜样啊。

大伯坐在藤椅里去了，瞪着他那双枯竭的眼睛。那天刚好是爷爷的忌日，伯娘死后的第九十天。

喇叭声凄凉而又空洞地在潮湿的空气中弥漫着，送行的人少得可怜。大伯唯一的儿子阿甘怀抱着裹着黑纱的照片走在队伍前头。我不明白此刻阿甘心里到底在想着什么，只听他临行前笑着对帮忙的刘大叔说："等我回来跟你搓上几圈……可一定得等我啊。"

我想阿甘一定有如释重负的感觉。大伯，你在自己的亲儿那儿都成了包袱，那么，你去了，也该是一种解脱了吧！

姑走在阿甘的前面，一把一把地撒着"买路钱"。细碎的黄纸片随风飞扬，有的散落在红布覆盖的棺材上，大伯就躺在里面，瞪着那不曾瞑目的双眼，他还想看到什么？阿甘的未来吗？

我的姑婆

　　记忆里最深，同时也最为模糊的人，是我的姑婆，爷爷的妹妹。说是最深，因为在母亲的口述中，她的一生就像汪洋中颠簸的一叶小舟，随时都在倾覆的边缘；说是模糊，因为我从未见过她，在她于这个世界弥留之际，也只是我母亲一个人去探望过。从始至终，她只存活于父亲提及她时的一个摇头和母亲提及她时的一声叹息里。

　　也正因为如此，我对姑婆有着格外的执念。我甚至无数次在心里依照爷爷的五官和体态勾勒过她的模样，但我从来不敢问我的爷爷。对于这个仅有的妹妹，爷爷一生选择的是避而不见，绝口不提。

　　母亲形容姑婆的样子，说："从未有哪个女人如你姑婆一般生得清风朗月。"大概就是因为容貌秀丽，姑婆青春年少时被许给了兽医家的大儿子，对方家底厚实，爷爷相当满意，姑婆也是满意的。旧时女子，能觅得一个衣食无忧的婆家就别无所求了。但命运似乎瞅准了这样本该圆满的时机，在一个月黑风高的夜晚将姑婆推进了黑暗的深渊。

那个夜晚对姑婆来说就像一把扎进身体的刀子，是不能忆也不敢忆的噩梦。当她赶着去庙会的时候，她是高兴的，她挎着平时喜欢的小竹篮，走在天天走过的熟悉乡道上，想着不久之后就将迎来的婚期，她脸上甚至泛起了微微的红晕。这红晕在被一双突如其来的恶魔之手拖拽到草丛里时迅速从姑婆的脸上消散开去。她的挣扎显得那般无力，美丽是上天的恩赐同时也是个劫难。被玷污后的姑婆自然而然地遭遇了退婚，她慢慢枯萎下去，像一件被拧干了水分的旧衣衫，里外都布满了褶皱。随后在爷爷的张罗下，姑婆委屈下嫁给了邻村做苦力的夏家。夏家家境贫寒，有两个儿子，姑婆嫁给了夏家的大儿子，一年后就怀了身孕。本想着日子会这样安然地过下去，谁知孩子尚在肚中，丈夫便暴病而亡。夏家本身过得清苦，二儿子又一直找不到媳妇，姑婆在自己婆婆的主张下与小叔子结合，随后相继生下一儿一女。

一九五八年，是饥饿的一年。拉扯着一双儿女的姑婆实在撑不下去了，回娘家向爷爷借两斗米，以求喂养尚且年幼的儿女。爷爷自从姑婆被强暴之后，一直未曾热络过她。彼时爷爷是抱着怎样的心态呢？这个终生强硬的老头，面对亲妹妹的苦苦哀求，选择了拂袖而去。在寒风中，站在娘家门口的姑婆是如何的心灰意冷，自身的创痛，无法得到亲人的

体恤，世界的冰冷在她面前又裂开了一个口子。她擦干了脸
上的泪，选择了离开，离开这个生她养她的地方，离开那个
一贫如洗的婆家。她留下了儿子，背上女儿，开始了乞讨的
生活。

　　每次听母亲说到这里，我常常对爷爷心生憎恨，我甚至
把姑婆一生的苦难都归结到他的身上。在姑婆消失的那些年，
爷爷未曾去找寻过她，家里人也未曾敢在爷爷面前提及姑婆
一个字。

　　只是很多年后，从父亲的口中才得以知晓，那个年月，
大奶奶生下大伯后亡故，爷爷娶进门的二奶奶又常年身体不
好，姑姑、父亲也尚年幼。爷爷既要拉扯三个孩子，又要照
顾体弱的二奶奶，本身自顾不暇。父亲说，你不懂，要怨，
只能怨太穷了。

　　沿路乞讨到福山时，姑婆遇到了生命中给予她"温暖"
的人，虽然这温暖当时也不过是施舍的一口热汤热饭。对一
个饥寒交迫的女人来说，这是她最需要也是最直接的"柔
情"。男人是个光棍，老实本分，姑婆便留了下来，与之生
下了一个儿子。

　　在与这个男人生活的三四十年光阴里，姑婆是幸福的
吗？无从知晓。她带去福山的女儿在福山成了家，女儿责怪
过母亲吗？也不得而知。那三四十年的光阴，只有姑婆知晓。
当这个男人也先于姑婆离开了尘世后，姑婆的身体日渐衰弱。
她思念起远在吴市的大儿子，几经辗转与儿子取得了联系。
原先的丈夫已在多年前去世，大儿子想把姑婆接回吴市，百

年后与其父亲合葬。姑婆想着女儿已经出嫁，自己也不能一直拖累着小儿子，于是，二〇〇六年，她拖着带病的身子回到了大儿子的家。一回家乡，姑婆就病倒了，卧床不起。儿媳妇对这个突然冒出来的婆婆心存怨念，一来怨其未给夫家留得体面，二来怨其打扰了她宁静的生活。但她必须例行为人媳的本分，每天，她把粥菜放在离姑婆两米之外的案几上，瘫倒在床的姑婆若要吃，就得爬着过去。

也正是这段时光，母亲代表娘家人去探望了姑婆，彼时爷爷已经去世，他和这个亲妹妹终是未能见上最后一面。姑婆拉着母亲的手，只说了句："我一直都知道有你，陆家有你这样贤惠又能干的媳妇，我就安心了。"母亲说，那是她第一次见到姑婆，在她的晚年，母亲还能用"清风朗月"来形容她的样貌，足见其风姿。自古红颜多薄命，也正是这个样貌害了她的一生。

母亲说，福山的小儿子听说姑婆在大哥处遭的罪，连夜赶到吴市，抛下一句："有我一口饭吃，绝不会饿着娘，我带她回家。"他一步一步，用板车将姑婆拉回了福山，精心伺候，终身未娶。

而夏家媳妇在姑婆被接走后遭遇了车祸，卧床数月，生活无法自理。

二〇〇八年，姑婆病故，留下遗言：无须报信给陆家了。自此和娘家人再无交集。

豆浆·南瓜饼

王家的豆花是镇上做得最好的一家，位置在大桥垛下的老街旁。清晨，下一点薄薄的雨，微凉又清澈，最适宜去紧靠河沿的大棚子底下吃上一碗热腾腾的豆花。

从我上班的地方，步行过两个银行，走过一段既不热闹也不冷清的小街，稍一拐弯就能抵达那里。许是因为酝酿一场大雨的缘故，清晨在薄薄的雨雾里，有了一丝舒展的凉意，而这凉又洋洋洒洒地令季节有了秋的况味。

要上一杯热腾腾的豆浆和两个南瓜饼，在棚子底下的木桌前坐下来，双手捧着豆浆，将南瓜饼咬在嘴里。王家的南瓜饼也做得极好，皮煎得薄而脆，豆沙的馅，柔糯香甜，每每吃豆沙馅或芝麻馅的吃食，脑子里总是自然而然地出现龙凤汤圆的广告画面：一枚纯白的瓷勺子里，纯白的汤圆正滋滋地往外淌黑亮的馅儿，顺滑流淌的速度，仿佛可以无休止地持续下去。

无休止，如同永远，是一个意境。

这些日子，平日里普遍存在的一切，突然样样珍贵起来，哪怕是每天必经的一棵树、一堵墙，哪怕是手里的这杯热豆浆，和唇齿间留有余香的那个"永远"的意境。

很多彼此相爱的人，都念叨过"永远"这个词——我们永远在一起，我们永远相爱。那一刻，我们仿佛能够给"永远"丈量出一个确切的长度。

雨雾中来了一对年轻的夫妻，女的挺着个大肚子，男的穿着工作服，提着安全头盔。男人朗朗地喊："来两个油蛋子、一杯热豆浆，再加一个南瓜饼。"听上去是安徽一带的口音。男人把要的东西都堆在女人面前，女人坐在我旁边的位子上，他站着看她吃。女人吃了一口，把其中的一个油蛋子举到男人面前，说："你也吃啊。"男人把女人的手按下去，说："我不吃，你吃、你吃。"他们这样推来推去好几次。女人拗不过男人，吃一口就抬头望一眼她的男人。男人始终站在她的身侧，看着她和他还未出世的孩子吃得饱饱的，他就舒心。

我，把南瓜饼咽下去，望向棚子外面通往老街的街。六十多岁的她撑一顶暗红格子的伞，在薄薄的雨雾里走过。她穿了件暗紫色的中式袄子，白皙的脸颊，盘得光洁的发，眼神柔和平缓地直视着前方。王家铺子的老板娘招呼她："蒋老师，上街了啊。"她和她暗红格子的伞略微停顿了下，冲铺子这边轻浅地笑了下："是咯，出来走走。"她是个传奇式的女人，年轻的时候丈夫去了台湾，在台湾谋了高官，又娶妻生子，她在这边守着四个儿女直到丈夫回来，四十年孤身一人。她堂堂正正地迎接丈夫一家归来，丈夫的第二任妻子一直尊敬地喊她"蒋夫人"。

　　紧靠河沿的杨柳枯败的枝条间，早有了按捺不住的绿意，可它仍保持着千古不变下垂的姿势。在这样的姿势里我仿佛领略到了一种最最平淡持久的东西，比如一棵树，一堵墙，一杯热豆浆，和一个关于"幸福"的各自执守的细微想象。

小市光影

　　数周之前，书卷说："作协有个采风活动想放在吴家市，到时候你陪着去看看小市老街。"早晨，我在等待九个人的到来时，满怀揣想。他们中，除了书卷熟识，其他只是在网络或刊物上拜读过他们的诗文。一行人中，有市作协副主席王晓明先生、《常熟田》副总编张国灿先生，以及在诸多刊物上发表过作品的许军、毛振虞、沈锋、谭纪文、承宁、许文波等。

　　我也有些年头没去小市了，虽然长久居住于乡间，但似乎与泥土少了亲近。每日穿过喧闹的长街上下班，满目营营役役为生计奔忙的小商贩们，偶有闲情稍做停留闻一闻乡土的气息。印象里，小的时候坐在父亲自行车的后座上去过几次小市。那时候，小市很是繁华热闹，狭长的街边摆满了专售尼龙针织衫的铺子，红橙黄绿，艳丽喜气，仿佛是一个年代固有的色彩。很多人家的后院都是一个小小的作坊，从加工到成衣，再封装起来扎成捆，等待从妙桥等地过来的小贩们成批地收购去。为了维持生计，我的父亲母亲也曾在家里一条龙地生产过这样的尼龙衫，胸前或肩膀上绣上粉色大朵的桃花或是牡丹，还有单色的尼龙裤子。在那个年代，尼龙衫也算是奢华的装备了。记得有次穿了件粉红色的尼龙套头衫和母亲去无锡旅游，坐在鼋头渚的小亭子里拍过一张照片，虽然是黑白的，但仍能一眼分辨出胸前那朵娇艳盛开的桃花。

再次踏上小市老街，年轮不知道已经转了多少圈。老街倒还是记忆里的样子，狭小细长，只是少了摆满红橙黄绿尼龙衫的铺子。如今的小市出了很多身价千万、从事毛衫行业的老总。尼龙衫已经留在了那个年代，羊毛、羊绒制品替代了它们。老街在时光的沉淀中日益清静安详起来，一群老者在挂满农具的茶馆里侃着《山海经》，河边几只散养的小鸡正蹒跚觅食，古老的木门前一只猫慵懒地打着盹，阳光从木格子天窗里探进脑袋来，打量着我们这群外来客。纯朴的乡民，好奇地问："你们是来做什么的？""考察。"我们的回答似乎充满了玄机。

小市老街沿街乍看只是一溜的古旧木门，随手推开一户人家，移步换景，里面却是庭院深深，草木葱茏。穿过晚清时期残留的砖雕门楼，踏着青石方砖，里面的人家却是粉墙黛瓦，修缮一新。院子里的竹架子上穿搭着刚从机器里摇下来的面条，一串串在阳光底下散发着脆生生的面粉香气。在这样的围绕里，生活无端舒畅起来。

也有保存尚好的老旧房子，常年无人居住，木窗子用木棍子支撑着，雕花门厅上糊了白色的尼龙薄膜，我们只能从隔墙的瓦缝里偷窥几眼，那些紧闭的门窗里面倒更多了让人怀想的部分。就像墙边那些翠意盎然的葡萄叶，风来之时，就用手掌轻叩窗框，疑是轻抚疑是询问。

古老的东西和逝去的时光时常让人心生错乱。小市的每一扇木门、每一扇木窗、每一个石墩、每一片青石板、每一棵在墙缝里生长的杂草，都在这个阳光明媚的周六迎接了我们的到来，又在一片尘埃里用它们安详的目光送走了我们。我们的"考察"在老者们下午的"山海经"里蜻蜓点水般地掠过了房梁，小市的乡人们又兀自沉浸在他们安然自得的生活里。

鬼节这天

南方的习俗，这一年去世的人，同年鬼节的这天，便要祭奠；若是先前去世的亲人，则要在每一年的鬼节到来之前焚纸祭拜。

数日之前，母亲已将这样的仪式操持过。摆了八仙桌，然后把折叠了许久的元宝沿着桌子的外围分派成几堆，嘴里念叨着："这堆是给祖父、祖母的，那堆是给公公、婆婆的，还有那堆是给老太太和老太爷的。"堆放好给祖上祭祀用的元宝之后，便把做好的八样菜端上桌子。菜必须是冒着热气的，据说祖先们用餐只是吸吮菜肴上那些白色的雾气。八仙桌的一方是不能摆凳子的，留着供奉香烛，其余三方摆上碗筷，斟上酒，酒也必须是冒着热气的。上酒的时候，母亲常叮嘱身体不能碰到凳子，否则会惊扰用餐的祖先的魂灵。小时候我常常不以为然，得了斟酒的差事，便爬上长长的凳子，满桌子碰得叮当乱响，心下还偷乐着：傻哦，这哪来的魂灵呢？母亲并不训我，只是幽幽地嘱我别摔着了，快点下来。然后，她蹲下来将堆起的元宝用火柴点燃，并把我轻声地唤过去，将香递到我手里，让我跪在圆形的草垫子上给祖先们叩拜。每次拜完抬头的时候，总会看到燃起的火堆旁母亲泛红的双眼。见我看她，她也总是说：给烟火熏着了呢。说完，便低头拨弄火堆，将没有燃着的元宝拎起来，投进火里。

这一年，我蹲着帮母亲将那些散落在边上的元宝一只一只捡起来。母亲又让我斟酒，我站起来很小心地与长长的凳子保持着距离。我想象着坐在那里的是我亲眼看着死去的祖父和外祖父，便斟得格外小心。叩拜完之后，我也不敢再看母亲的眼睛，倒是母亲问我怎么了，我说：给烟火熏着了呢。

鬼节这一天还有个习俗，就是不能乱串门子，特别是多年不来往的人，要是在鬼节这天登门造访，就会给主人家带来晦气。我是不信的，但也顺应了这样的习俗，鬼节这天上下班都是径直回到家中。早上一大早，外祖母突然来了，瘦了好多，见着我就问："欢儿满月了吧？"我说："都读小学了。"她继续追问："那还有一个小的呢？"我说："还没生。"我不想和她辩说清楚，她的神志不足以明了我说的，她只是沉浸在她的记忆和想象当中。我可怜的外祖母，你什么时候才能恢复到我记忆当中那个粗布裙角带香的女人呢？她冲我不停地笑着说："你妈正给我去买兰州拉面呢，一定很好吃。"我问她："要我带你去看看吗？对门的店铺做拉面的手法很好

看。"她迟疑着说："不去了，我害怕。"这样的对话，小时候
是倒过来的。外祖母常哄我："囡囡，外婆带你去看水根家的
狗下了一窝小仔仔。"我就拉着她的棉布衣角说："不去不去，
我害怕。"

　　下班的时候，看到厨房里还是整碗的拉面搁着，母亲说：
"我去弄回来的时候，她已经顾自吃了一碗饭走了。"

　　而在我写下这些文字的时候，外祖母在这个秋天离我而
去。以后的祭祀中，母亲在分派元宝时，又会多出来那么一
堆了。

我和我的吴家市

一说起家乡，月光就明亮了三分。

吴家市这座长江边的小镇，小镇上的老街，老街上的建筑，承载了太多，在那些消散的似水流年中，不仅仅有我的，还有你的、她（他）的记忆。

我一直不敢轻易触碰它们，在这里，我能陈述的，只有独属于我的那一部分。

（一）我和她的畜产部

最初独自居住的屋子紧靠着河沿，是原来供销社的宿舍楼。因为外公的缘故，上初中的我在这幢宿舍楼最西面的二十平方米里，安放了一张写字台、一张床。实际上这屋子的十平方米是属于我的，而另外十平方米属于一个在供销社畜产部工作的女人。

女人叫小月。有姣好的眉眼、脸蛋和娇小的身段。因为同住一个屋檐下，我曾被邀请去她工作的地方参观。

至今依然清晰记得某个夏天她领着我跨进屋子前堂时转头那个骄傲灿烂的笑容。在她身后的房梁上，每隔几米便倒挂下来一根细长的铁丝，上面齐整整地穿挂着一张张羊皮。皮是刚刚剥下来还带着温热气息的，所以，整个畜产部的空气中飘浮着一种说不上来的腥膘味，这种成年累月的血腥气令穿堂而过的光线也有了肃杀的挫败感。

小月熟稔地在胸前围上一块皮制的围裙，黄褐色的裙角边上隐隐沾了几朵梅花样的血渍。她随手在台子上操了根细长的铁棍子，冲我指了指。"来，过来。"她喊我的声音轻细柔美，眼角上弯，模样妩媚。我随着她跨过一道低低的门槛，进入后院。后院的光线似乎比前堂更暗了些，有更浓烈的腥膘味涌进鼻孔。后院堆放了很多新收进的血羔羊。所谓血羔羊，就是刚产下来的羊崽。屋子正中央摆着个铁炉子，里面的炭火烧得正旺。小月径直走到炉子前，将手里的细铁棍子插入其中，几分钟后，她抽出来摆弄了一下，细铁棍子已经给炭火烧得通红。红光映射下小月的脸像极了一朵盛开的芙蓉花。她冲我指了指，喊道："来，过来。"我像受了某种蛊惑般不自觉地靠近她。还没回神的时候，她已经迅速地从台子上拎起一只血羔羊，将通红的细铁棍子径直从羊崽的魄门直插进去，随手一捋，整张的羊皮便分离开来。她满足地将手在褐色皮围裙上反擦了两下，这次并不再喊我，一手拎了羊皮顾自往前堂走去，我急急地跟上，像逃离一处劫后余生的战场。

再回到前堂的时候，小月已经把新剥下来的羊皮吊挂在细长的铁丝上，一张张羊皮像一面面旗帜，在畜产部的前堂里生动地展示着。这是我去过唯一的一次，小月说整个畜产部就她一个女性，后来她再没有叫我去参观过。

我在供销社宿舍楼居住的三年里，她仅仅来我们共有的房间住过三次，大部分时间她的床是空着的。我很想知道她工作以外的那些生活，可是无从得知。

（二）我和我的老街

我极少去老街，有时候我害怕踏上那里的石板路。老街有我不曾惊扰的梦，有油纸伞、雨巷，有昏黄的路灯的光亮、墙屑残剥的门廊和门旁细密潦草的字迹。西北街药铺子北边的四十五平方米早不属于我了，工作后我曾在那里居住了五年，后来转给了一个无家可归的亲戚，而最青涩美好的恋情也在那里草草收场。

老街，有它数十年如一日的气味，像外婆的围裙，像瓦缸上草编的盖子。记忆里街头有卖三角包的小店，瓶瓶罐罐的玻璃缸子摆了一溜，老板娘头发总是绾得光亮水灵。走上十五六步，便是编藤椅的人家，说是藤，其实是塑料的质地，普遍带着鲜亮的黄色。编藤椅的中年人手中永远是半成品，椅面通常编了一半，手指穿插灵活，嘴里叼着烟嘴儿，还能招呼过路的熟人。很多次我经过的时候，他正呼喊骑车已过的妇人，而那妇人却左右四顾找不着话音的来处。西北街在记忆里是悠长的，脚下每一块石板都有它浮动的灵魂。

药铺子正对着一个丁字形的小路口，旁边是我以前常去的小店。店主是个中年男子，永远端坐在那里，仿佛数十年未曾离开一步，他瘦长的毫无表情的脸在每次看到我的刹那总是会浮出一丝清淡的笑意。老街的店面大多用木制的门板一块一块镶拼起来。打烊的时候，中年男子便从屋里头出来，举起一块块狭长的木板细致地将它们拼接起来。那时候，我独自住在与这个店铺相隔五步的小屋里，总是在他举着门板的时候去他的店铺买橘红糕。他在我印象里永远是中年的男子，灰衣肃然。

（三）我和心中的大礼堂

从西北街丁字形路口对面的小巷拐进去，是记忆里的大礼堂，除却一些大型的欢庆活动，也放电影，所以我们习惯上称它电影院。放电影的事由文化站负责，彼时负责放影片的老王还是个帅小伙，我依稀记得他穿白衬衫忙忙碌碌的样子。放电影那会儿，有两个出入口，一个是西街的入口，另一个就是西北街的入口。几个女孩子约了看电影，电影票交由我保管，她们去买冰棍吃。我一个人拿着电影票，摇摇晃晃地站在路边侧立的八五砖上，神思也是摇晃着的。打小我

就是个天马行空的人，我边怀想着不着边际的事儿边不自觉
地手里撕着纸条玩。当姐妹们嬉笑着回来催促我交出电影
票入场时，才发现它们已经成为无数的小碎片在我手心里
握着……

　　想来，每个人心中都有一座礼堂。而对这座大礼堂的独
特记忆，一是来自学校的活动。哪个节日已经记不真切了，
只记得活动进行到一半，教导主任在礼堂的大喇叭里喊："请
luyan 到大门外去一下，有人找。"结果在礼堂门口，闻声而
出的四个女孩子面面相觑，继而哈哈大笑，一个时代在男生
女生的名字上都留下了统一的烙印。而礼堂给我最难以忘
怀和忍俊不禁的，还是一场演出。那场演出的内容也已经
不重要了，重要的是那群演员，大概是从市里邀请过来的
锡剧团的演员。我因为喜欢一个人瞎晃荡，路过后台的时
候就进去瞄了一眼，正巧赶上她们换装，有个女子抬起长
长的腿搁在方凳上，突然拉起腿上的皮肤弹了一下又放回
去，这样反复多次后又换一条腿继续。这景象令我对锡剧
演员生出深深的赞叹，后来我无数次把这番景象描述给我
的小伙伴们听，极力解释演员们经过历练后皮肤的弹性是
如何超过了正常人所能企及的范围。很多年后，当我也穿
上肉色的长筒丝袜，时常为了调整舒适度而把"皮肤"随
意拉起放下的时候，才了结多年前那种深深的无法释怀的崇
拜感。

（四）我和曾经的吴市中学

我有个大我三岁的舅，每次这么说的时候总感觉神气活现。在吴市中学的三年，都有舅和舅的同学们"罩着"。我们相差三届，我初三的时候，他高三，两个毕业班。高三的学生常被安排检查初三同学午睡，逢到舅的同学来检查，总是故意到我的课桌旁敲三下："外甥囡，好好困觉！"那会儿舅也寄住在供销社的宿舍楼，在我和小月住的那间隔壁。我最爱去他屋赖着，因为舅有很多书。他送给我的第一本书是《黑白摄影技术》。我买了本《周易》，着实看不深入就转送给了他。很多年后，我并没有在摄影方面更进一步，而舅倒是对卦象着了迷。

说起中学，记忆最深的还是"传达室"。这个充满年代感的名词，一脱口就会想到的确良衬衣和青灰色土布裤子。学校传达室内的墙壁上挂着个镶玻璃的木板框，里头一溜小铁钉，所有教室的钥匙都标好了班级的名字挂在上面。每周都会安排特定的值日生，我、司马和萍一组。司马是标准的镇上姑娘，长得水灵可人，萍虽然是女生但看上去很有安全感，因为父亲的关系住在西街拐角的邮电局宿舍楼里。萍与我甚是要好，刮风下雨的天气就把我带到她的宿舍一起住。有一个晚上风刮得特别大，我们三个因为担心教室的窗户没关好，就摸黑去学校的传达室取了钥匙溜进教室。还记得那晚高三夜自习的灯火亮堂堂地闪耀着，我们虽然小心翼翼地折腾好了门窗，但在把钥匙挂回铁钉上时还是被值班老师逮了个正着。暴风雨的黑夜和明亮的灯火成为一个定格，在无所预谋的梦境里时常出现。离开小镇后的很长一段时间，我的皮夹里还夹着我、萍和司马的黑白照片，她们两个始终微笑着，我瞪着圆圆的眼睛傻傻地望着镜头，两只手揽着她们的肩膀。不知何时，那张照片连同她们都已消失不见……

中学时体育特别好，田径比赛里跳高和跳远是强项，也特别爱跳远。助跑、起跳、腾空、落地，一系列充满节奏与速度的动作会感觉自己像一头小鹿，也只有在开始助跑的瞬间瘦小单薄的身体才仿佛充满了无穷的动力，每一个肢节都饱满有力、轻巧自然，在疾奔的刹那仿佛能听到千万片树叶从林间穿行而过的声响，那速度是无比欢快的。

我有多少年没有这样地腾飞了？前几日，因为工作上的一些事务，去学校转了一圈。曾经的吴市中学，于二○一一年九月改建成"东吴学校"，成为一所公建民营新市民子弟学校。这所学校已变得无比陌生，操场上的沙坑也被杂草埋没，自从迈出校园，我再没有落入过它。站在操场的跑道上，仿佛看到十五岁的我，穿着藏青色涤盖棉的上衣，白色的跑鞋，青涩得像一株野草。十五岁的我跑起来了，迎着风跑在自己的世界里，转而飞起来了，轻盈得像一声鸽哨划过空旷的天空。

（五）我和不复存在的机械厂

一九八五年，机械厂还是个大厂，在彼时的小镇上，它具有足够的规模和繁荣，虽然时光告诉长大后的我们，眼界局限了我们对于大小的概念，但在十三四岁的我的眼中，它是一片巨大的灰黑色建筑群，在小镇的东北角成为我无法抹去的一部分记忆。

因为母亲在裁剪车间上班，我每天的伙食都要到那里解决。从吴市中学的校门出来，沿着西街、东街走，路上会经过文化站、商厦、东风饭店、生产资料部，拐个弯走过卫生院，就到了机械厂的大门。这样的一路通常不会寂寞，走个一小段，后面就会有自行车铃按得通天响，边跟随着话音："外甥囡，来，叫一声！"不用说都是舅的同学们，那几个哥们也都在机械厂食堂或者卫生院食堂搭伙。三年的辰光，每天的中午就在这样的招呼声中停留在岁月的深处。

穿过机械厂灰黑色的楼群通道，走到最东面的河岸边就是裁剪车间。进车间的时候，常见母亲埋在一堆衣片之中，头也不抬地嘱咐我赶紧去拿蒸好的饭盒。在食堂蒸饭的茫茫雾气中，我总能一眼认出专属于我和母亲的那个长方形饭盒，七瘪八膨的盒盖上面刻了一个歪歪扭扭的"夏"字。

我一直没有弄懂的是机械厂为什么会生产一种叫"涤盖棉"的布料，母亲成日埋在涤盖棉中裁出各种衣片。那个年月的我全身上下也都被涤盖棉包裹着，母亲会把她的工作服进行改制，藏青色或绛红色，八片开刀，穿起来倒也合体又精神。最爱的还是难得的紫色的一套，走在风里可以假装自己是一朵初放的丁香。

而我最初的旅行也因为机械厂有了开端。跟随着母亲，我们去了宜兴，一群闹闹哄哄的女人带着大大小小的孩子在善卷洞、张公洞前留下了一个年代独有的影像。那些在相片上微笑着的脸庞，依然还微笑着吗？

（六）我和消失的村庄

在镇上居住的三年，很少回老宅。老宅在离小镇七八里外的村庄，名为年步，毗邻着长江。宅前有座张家桥，院子被白婆枣树、桑树、榆树、槐树和各种花木包围着。从老宅走到江边大概需要十五分钟。现在想想若还留有这样一个去处，我是万万不想在城里头待着的。

村子里有两大姓氏，宣家和陆家，因为户数相当，两族"势均力敌"，相处颇为融洽。村子中间有个宣家潭，儿时我常把它说成"月亮湾"。每到夏夜，老老少少搬了长长短短的木凳子，搁在出院场边上的小路旁。晚饭后出去走上一圈，便能看到整条路上三五成群的风景，说话聊天声也是此起彼伏的，夹杂着或男或女爽朗的笑声，并有蒲扇拍打在大腿上"扑扑"的声响。路旁就是整垄的棉花田，绿油油的叶子里最多细小的蚊子，它们听着众人的欢声笑语，仿佛有些不甘被忽视了，伺机从叶缝里溜出来，找准了哪个侃得最欢的，便一口咬上去，被咬的人却不作停顿，随手用蒲扇干净利落地拍个正着，嘴里继续着上文，还不忘加上一句："这该死的蚊子！"

记得这一系列动作做得最干净漂亮的，就数老婆婆了。

老婆婆姓金，人称"大金"，说话做事雷厉风行，一件小事，也能嚷得整个村子摇上三摇。就连拍蚊子这点小事，只要听得声音最最响亮的，便定是出自她手。整个乘凉的队伍中，村尾的乖叔，最是斯文，说话的声音比蚊子响不了多少。他的长相也喜气，圆鼓鼓的眼睛，嘴巴小而翘，翘的原因是牙齿长得非常有特色，前面三颗突出，后面的就隐着看不清楚了，乍一见，很容易想到兔子。乖叔为人处世甚能算计，于是村上的人都叫他"小乖"。时间久了，村里最能说道的满叔把两个人串联成"大惊（金）小怪（乖）"。每晚乘凉的队伍里，有了"大惊小怪"，自是增色不少。就是这整晚的笑声会把"月亮湾"浸泡在甜蜜的睡梦中。

　　整个村庄被长江的外围堤包围着。长江的围堤有内外两道，外围堤在童年的记忆里，是高而宽的梯形堤岸，老人们习惯称它为"圩岸"，堤的两边是整排的杉木，圩岸上隔一段会有猪獾拱开的洞口。小时候，总是骑着自行车穿行在那些杉树之间，路虽是泥土的路面，却平整干净。秋冬时分，路上铺满细碎的树叶，轻浅一层，自行车胎压着它们的声响像豆荚在阳光下炸裂的声响，愉悦、松脆又微妙。那会儿，家里还有田地，堤外三分，堤内一亩，骑车至斜坡拐弯的时候，便可看到母亲在堤外的三分地里弯腰收割。年少的我总是将车子支在堤上，顺斜坡飞快地跑下去，经过一座石板桥，到达三分地的田头。我蹲着看母亲劳作，转头，堤岸就在远处了，高高的一圈，将我和母亲还有三分田地围在长江的外头。

母亲在田地里给我讲一九四九年发洪水，无数的村民涌上堤岸得以保全性命，洪水过去，村民们一传十、十传百，自发定下条规矩，每年往堤岸上加土填高。年复一年，堤岸越垒越高，虽有猪獾打洞，但总是无法洞穿。

如今，沿江开发区高大齐整的厂房已将堤内靠近长江的土地占领，而这条越垒越高的堤岸，也早已被现代化的设备取代。推土机将堤岸和杉树们尽数推平，宽阔平整的马路、飞驰的车辆，一个发达的工业园区取代了田地与庄稼，取代了树木与围堤，取代了洪水冲刷的过往。

（七）我和一条崭新的长街

二〇〇三年，随着沿江经济开发区的落户，我们迎来了动迁。当老宅的每一棵树、每一平方米被反复丈量与清点，当房屋随着推土机的轰鸣倒塌，我无数次忆起门前的河流、河上那座小小的张家桥，包括河边每一棵青涩过、枯黄过的野草，河滩前努力鲜亮过的桃树，永远郁郁的香樟和萧萧的竹林，还有远处无法望见的那片孕育希望的田野。你们果真都存在过吗？若真的存在过，那么，现在，你们都去了哪里？

所有的影像，都已流失，连同村庄和炊烟一起。

从毗邻的长江边，迁移至小镇。这一段并不很长的距离，完全改变了人们的生活状态。"失地农民"听起来充满新意又有些落寞，祖祖辈辈依靠土地而生的人们，开启了新村居民的生活模式。

在选择独门独户与选择临街的商住房之间，我们遵从了母亲的抉择。因为张家桥塬老宅的泥泞小路，母亲对于进出自如的大马路情有独钟，当然，我们忽略了母亲更为广阔的眼界，失去土地后的经济来源可以通过商铺得到填补与满足。

抓阄选址是件有意思的事。如今每每想起，就更加确认了"命运的安排"这一亘古不变的"真理"。动迁抓阄分两步，一是抓顺序号，二是抓定位号。我和父亲争论了很久，因为父亲的脾气，我并不想承担抓阄后的喋喋不休，强烈要求退出，父亲却执意要把人生中这个重要抉择权的一半交到我的手中。最后我们达成：抓顺序号的任务交给我，决定性的定位号就交给他。

那一年夏天大礼堂的嘈杂声还在耳边，一共 32 家商户待定，我迷迷糊糊地在工作人员的安排下上台抽了个顺序号，打开一看，抽到的竟然是"32"号！这充满戏剧性的一幕把父亲酝酿了许久的"好手气"给原地作废了，他不再需要上去抓定位号。父亲瞬间暗沉的脸色和难以置信的眼神充斥了我的每一根神经。我们两个人各怀心思眼巴巴地等着前面 31 户人家挑剩最后一个定位。工作人员轻描淡写的一句"放心吧，最好的总会留到最后"打破了我们之间的僵持。那个最后定位号的选址在当时 32 户商户的最北面，随着几轮动迁规划，现在已经在长街的正中位置。很多选择都没有对错，只是会通过时间来检验。

时光更迭，如今的长街已是商铺林立，也已建设成为市级示范路。每到夏夜再也听不到整条路上蒲扇拍打大腿的声响，只能听到车声隆隆。满街的灯火和过往的人群，却没有一个停留的脚步。人们各自奔忙营营役役，就连那些埋伏在花圃中的蚊子们，也不再出来寻找目标。

"三里通化路，一个新吴市"，满目欣欣向荣的长街，已经成为一根生活的"肠子"。

第二辑　时光太窄　指缝太宽

青葱岁月

——她们已经被风吹走散落在天涯

（一）

一九八九年，父亲把我的行李捆绑在他的自行车后座上，又把他穿旧的一件袄子折叠起来垫在书包架上捆扎好，让我坐上去。母亲推着她的稍小一点的另一辆自行车跟在父亲的后面，我们一家三口在那一年的那一个清晨上路了。

那一年，我对路途的长短只存着模糊的概念，我浅浅的想象还不足以抵达那个地方。因为我和母亲都严重晕车，父亲放弃了坐车的计划，他在前一个或前几个不眠的黑夜里已经打定了主意，他要用他的双腿，把我送到一个"遥远"的地方。

假如用双腿和自行车两个轮子之间的距离来丈量的话，那的确是个遥远的地方。八十二千米，父亲和母亲，一前一后用自行车把我送到了张桥。

我已经记不起来那样的路程花费了多少个小时。那一年坐在自行车后座上的我数了无数棵树木、无数个拐弯、无数座桥梁，唯独没有数一数父亲和母亲蹬了多少圈，后背的衣衫湿了多少回又干了多少回。我也没去想，这样的路程在送我到达之后，他们还必须重复一遍，才能回到家中。

之后，在张桥的三年，他们不止一次这样来看我。我欢笑着冲向他们，从他们手里接过家里煨熟的笋丝青豆、红烧肉，那些东西还带着温热的气息和熟悉的香味。他们从来没有和我说过一次路途的遥远，说过一次流过的汗湿了几遍衣衫。

某个他们到达的上午，我送他们出宿舍的大门，那是个月亮形的门洞，他们的自行车支架给门洞下的台阶颠得颤动起来的时候，我的心才莫名跟着晃动起来，按也按不住。天黑的时候，他们却又出现在月亮门洞口，大声地喊我，声音急切。那一天，他们蹬着自行车回到家后接到电话，说是学校一位姓汤的老师给打的：你家女儿阑尾炎急需开刀，速来学校。他们还没喝一口水，便又上路了，这一路是如何急切的心情？然而到达之后，看到的却是安然无恙的我从宿舍楼上冲下来疑惑地看着他们。学校姓汤的老师并没有打过电话，这是一个莫名的整蛊电话，如今依然是谜。而那一天，我的父亲母亲就在这样的恶作剧里，将自行车从一个清晨蹬到了另一个清晨。多少年后，父亲才告诉我，那一次回去的路上，母亲边蹬边要睡着了，父亲就不停地和她说话，后来大概父亲也累了，忘了说话的时候两人便迷失了方向。夜是那般的黑，我不敢想象。回去之后的父亲母亲足足躺了三天才缓过来。

二〇〇六年三月的清晨，当我坐在汽车里，手握方向盘，一脚油门往那个方向去的时候，当路边的树木层层退后的刹那，我突然悲从中来。我的父亲母亲，那个时候你们还年轻，那个时候我还太年少。

（二）

记忆里的张桥只有一条长街，许是因为年少，那样的街似乎要用很长的时间才能走完。街的一头是车站和邮局。为了不再坐在父亲的自行车后座上，我终于在无数次的呕吐之后克服了晕车，车站成了每次到达张桥的一个起点。穿过这条长街，经过高高的向阳桥，便能到达学校，学校好像一个休止符静候在那里。这么些年，这样一个两端一线的景象无数次在梦里出现，只是过程朦胧。有关这条长街的每一块鹅卵石和每一个店铺，都在黑黑的夜里静默着，有时候街边的某扇门会被一阵风吹开，又轻轻合上。

我这样想着张桥的样子的时候，把车停在电视台的大门前。丹是我第一个要接的人。一想到丹，就想到她的手。葱管一样的手指，攥着针将我们宿舍八个女生的被子一一缝合。

我打电话给她，她说宝宝也在。宝宝是宿舍里最乖的女生，无论学习或者说话，永远平缓的语调，对任何人都没有火气。我看着她们从电视台的大门里向我走过来，我想看清楚她们的样子，却又躲闪了目光，只是听着她们的声音从后座传来，十七年前的那份熟悉依然停留。十七年，或许能使一个如花的少女的脸印上沧桑，却无法改变她们的声音和语速。丹一开口，就如大珠小珠落玉盘般无休无止，而宝宝则如盛珠的玉盘，将所有的声音接收了去，过一阵子来个笃定的回音。从她们的对话中得知，两个人如今住的房子刚好是隔街的两幢，站在阳台上大声喊一声，便能招呼到。她们的熟稔不可遏止地令我生分起来，尽管这生分是不应该存在的。

在方塔东街口接上平儿，这么些年唯有这个女人一直与我保持着不间断的联系。我与她一起经历着这十七年来的种种，尽管我和她也只是数年见上一面，或者根本不见，但总是联系着，就像藕和丝。她的口音与我们截然不同，酥而糯，吐字皆卷了舌。读书的时候我们经常装腔作势地学她喊班里一位叫顾佩良的男生，"顾"的发音在她的嘴里与"狗"的发音相同，这个高高大大的男生于是荣幸地被我们呼喊了三年"狗鼻梁"。

我沉浸在丹、宝宝和平儿的笑语声中，错过了去张桥的路口。这条路我似乎从未走过，尽管它只是比十七年前的稍宽些。我也试图从路旁的树木中寻找曾经数过的那一株，我想它们也许比我更能认得出我来，可是，连风吹动它们的声响都未让我听到。我想，我真的是模糊了记忆。我把车开向了离张桥越来越远的地方。

管的电话来了两遍，催问我怎么还没到，说仪式就要开始了，说曹大（班主任）说一个同学都不少才可以开始。我想我们是赶不上了，赶不上一场阔别了十七年的最初的重逢。好在后座的几位安然于这样一种迟到。

管是宿舍的舍长，她的声音要说满五句我才能分辨出来。分辨出来之后，我就能清晰地看到她斜倚在 302 宿舍的门口唱《再回首》。夕阳在她的身侧染一层暗红的光晕，她把她所有的气息都融在了这层光晕里，这光晕好像是因她而生的，我们怎么靠都靠不近。

（三）

我终于在十一点三十分的时刻，确定自己到达了张桥。我确定到达张桥的唯一可靠信息是感觉。我想我应该是到了两点一线的起点：车站。尽管车站已经不复存在。迎接我的是一个转盘，并不大的转盘令我又不确定该往哪个方向拐弯。那就是那条长街吗？那就是那条走了无数遍的记忆里的长街吗？我好像数日前来过一次，可是，我什么都记不起来了。我身后的女人们让我似乎回到了叽叽喳喳的少女时代，我多想下来步行啊，和你们一起，去那家我们曾经搔首弄姿的照相馆，找那个穿着喇叭裤留着爆炸头的青年留个影。

我把车子开上向阳桥的时候，你们都尖叫起来。你们大声喊着"向阳桥"，是的，这座桥在我们心里太过高大了。

我们要穿过长街必先经过这座桥，我们要回到学校也必须经过这座桥。可十七年后，这桥似乎一下子平坦了，没有了起伏的弧度，我们毫不费力地冲过了它，冲过了这十七年，我们终于回到了学校。

三楼的会议室正在举行仪式，我不知道仪式是如何开始的。老范曾把一封热情洋溢的信传给我，说要主持和朗诵，说曹大把一切都搞得很隆重。一提到隆重，我就烦躁起来。我们几个一同行走的脚步似乎都迟缓了些，门是谁推开的，我不记得了，谁是第一个进去的，我也不记得了，我第一个看到了谁，我依然不记得。一屋子的人"哗"地呈现在我的眼前，一屋子相隔了十七年的人，突然像满树的银花刹那间开放。

我们在所有人的目光里坐下来。坐下来的时候，我看到鲜红横幅下端坐着的三个人。第一个穿粉红衬衣的男人，不认识；第二个穿白衬衣的男人，似曾相识；第三个，老范，"不怀好意"地盯着我们。我知道，惩罚即将来临。到哪里，讲话好像都是免不了的，迟到是要付出代价的。我用眼睛在全场巡视了一圈，坐在右边第一排的应该都是老师，我能认出几个呢？倒是其中一个冲着我微笑，眼神亲切：哎，你当初是英语课代表哦，我对你印象可深了，乖乖女哦。我愣愣地看她，好一阵子没有醒过来，我，是吗？我刚才想说什么来着？话一下子给卡住了。这个冲着我笑的并不年长的女老师是谁呢？流汗哪！而我的目光却在她右边的老师身上定住了，马老师！我强制自己没有叫出声来。一个对着我笑的老师我没能叫出她的名字，而她身边的沉默的人，却是我记忆里清晰的影子。马丽英，我的语文老师。许多语文课上都会和我们讨论诗歌的人，有事没事就爱让我站起来解释诗句的人，我多么想念她。可她似乎比我还要害羞，立马把头垂了下去。再转头的时候，我才认出了那个穿白衬衣的男人，曹大、阿桂、桂圆、燋鸡，这一连串的名字都是他的专享，当校长了，胖了不是一点点，胖得都快认不出来了，倒是长在眉心的痣缩水了，猛然间好像找不着了。

然后，是我最最亲爱的同学们，二十一个女生，三个男生，除了在石家庄的唐没能赶过来，应该是齐了。老范真不容易，能把这帮失散多年的人一一挖出米。我挨个看过去，那些笑盈盈的眉眼间还能分辨出往昔模样，那个坐得离我最远的、嘴唇薄薄的女人，令我的心没来由地咯噔一下，若漪。她的眼镜片遮挡了我靠近的目光，她坐得离我是那般遥远。我下意识地摸了一下提包，想着那整叠的信件和三年夜自习上互递的小纸条，想着那条傍山的公路，想着那一年我坐在某辆自行车后座上在傍山公路的起起伏伏里去找她的家，想着我在《时间草原》里写过的地址：西门外三条桥。若漪，这些你还记得吗？

曾经睡上下铺的姐妹们，我挨个地寻找，娟、刘、龚，她们都在，岁月并没有亏待哪个，除了给每个人脸上加了几条年轮的印记。只是，我没有找到艾春，那个带着我报到注册、齐耳的短发甩出美丽弧度的女生，那个半夜和我爬铁门的女生，那个和我一样满肚子坏水、一脸单纯模样的女生。

她在哪里呢？

下楼站在校园里的时候，我一度以为，那些楼群有几幢还是十七年前的老样子，只是粉刷过，显得白而明亮。我站在楼下，仰望中间的一幢，最东的教室门敞开着，十七年前我端坐在这个教室的角落里，沉默寡言。我不愿意开口，因为我的嗓音有天生的暗哑，这暗哑令年少的我感到自卑。而这自卑又顺理成章地导致了我的沉默寡言。许多年后，当有人用云淡风轻来形容我的声音时，我才意识到自己多年来的可笑。声音是不会改变的，十七年的阻隔，如今每一个声音在我耳边跳动的时候，都依然是当初的节奏和韵律。于是，当一个率真的声音出现的时候，我终于看到了她：艾春。

我一转头，便看到了她。如今这个转头的弧度由我划出，这划出的速度，无形中令时间迟缓地倒退了十七年。十七年前，她一个转头就"倾倒"了我。

那么如今的我呢？令她有怎样的感受？我盯住她的眼睛，有些人的眼睛是不能对望的，对望得久了，会望出水来。她来晚了，因为要送货，如今的她自己经营着一家减速机有限公司，但还是来了。她们都围在她的身边说她一点都没有变。我站在人群之外，被一个强烈的念头笼罩着。"辛苦"——当她灿烂的笑脸面对着我们所有人时，我不知道为什么，看到"辛苦"这个词在她身上暴雨一样地落下来，我甚至莫名地感受到，这"辛苦"一落就是十七年。

这样的感受在她拉着我的时候，更加明确。她反复了无数遍的"对不起"。除了对不起，她好像找不到其他词来应对我看她的眼睛。"对不起，这么多年没有联系。""对不起，这么多年不联系，只因为自己的不顺利。"拉过平儿，我们三个人，站在一起留影，三个好朋友，十七年后终于又并肩站在了一起。所有的悲伤都已掩埋，就像实验楼前那座给茂密的竹林遮盖的假山。

（四）

"小二，上酒来！"

我想，如果要让二十一个女生、两个男生异口同声喊一句的话，那么就是这一句了。一切都与酒无关，又仿佛离不开酒这个东西似的。曹大手一甩，头一仰立下了酒前誓言："我已经做好了牺牲的准备！"曹大这种豁出去的大无畏精神令他眉间的痣也生动起来。这么些年，阿桂的可爱第一次得到了淋漓尽致的发挥。他挨个儿给同学们敬酒，每敬一位便喊一下他的名字，曹大把每个同学都叫得眉开眼笑。我第一次从他的嘴里听到了"雁儿"，酒看来是个充满灵性的东西，能激发人潜在的智慧，不知道哪根筋诱发了他的吐词。我一不小心把这段给摄录了下来，包括潘美丽同学在曹大仰脖喝酒时适时响亮的一句："曹大，你的高潮又来了啊！"

美丽同学是整场最生动的亮点，她的举手投足貌似得了曹大的真传，每一句话都辅以绝佳的手势，五指曲张，挥动有力。这妞将往事一抖，便能扯出三五笑料，引来满堂哗然。"各位同学，刚（jiang）才我讲（gang）过，一定要提倡普通话！"这是曹大当年的经典名言。

曹大在十七年后一下子火了，他被他的学生们捧得晕头转向。女人们真真是最难缠的，一顿午饭，从十二点一直吃到了将近四点。两个男生分了两桌，狗鼻梁坐在我们一桌。后来我一直找不着他，我们回到学校的时候也没见着人影，据说有同学又折回去在饭店的卫生间里找到熟睡的他。

丹倒下了，小脸煞白伏在桌上。美丽同学后来我一直没有发现她。

只有曹大是坚强的，在全面包围下，他依然坚守阵地，尽管步履紊乱，但举着话筒的手还是有力的。十七年前没有机会听曹大如此放肆地唱歌，今天想让他刹车也刹不住。一曲《在那桃花盛开的地方》足足唱了十遍，我听着艾春在我身旁大声地冲着他喊："曹老师就是那桃树，我们就是那树上的桃花！"

尖叫声和掌声中，仿佛看到满树的桃花被风吹乱，四散飘飞起来。那些掌声和尖叫声连绵不绝，重重叠叠，盖过了十七年漫长的岁月。

那些小子

（一）宇哲小子

外公的哥哥，我也叫外公，只是为了区分加上了姓氏，叫徐家外公。

徐家外公前天去世，父亲母亲带着小鱼去奔丧。母亲回来，提及徐家外公的孙子宇哲。脑子里翻翻，才搜索出来宇哲的样子，还停留在小时候，俊秀可爱的样子，小小的。

那时候，我也是小小的，不过，我比宇哲大。逢年过节时，一起吃饭遇上，宇哲总爱围着我打转。转了一圈，便转到前面来，仰脸看我，要盯着看老大一会儿，大人叫他，他也不动。他的脸真秀气，好像不是男孩儿，白白的，干干净净。可能小时候，男孩女孩在外貌上没有太大的区别，印象里宇哲就像《王的男人》里那个主演李俊基，不过眼睛要比李俊基的大些。

大人们逗宇哲，问他为什么这么看着姐姐，宇哲说：长大了我要娶她当媳妇。大人们于是哄笑，说这么一个小人儿都知道要娶媳妇了。那时候我也不懂什么是娶媳妇儿，我以为大人们的哄笑只是笑宇哲的声音。因为宇哲没有小舌头。没有小舌头的宇哲说话含糊不清，声音粗大。我骨子里有一种天性，越是弱小的，越能激发我亲近的欲望。宇哲一动不动看着我的时候，好几次我都试图去把他抱起来，可惜我也太小，两个小人儿总是一起倒在地上。

母亲回来叨叨，好多年没见，宇哲都三十了，长得高高瘦瘦，还那么白净俊秀，只是一直没娶到媳妇。

（二）凌云小子

我没见过凌云的样子，他是表叔的大儿子。在所有的亲戚中，表叔是夏家最优良的品种，高大、帅气。高大帅气的表叔活得像一部小说。

表叔早期的事儿，现在在我听来就像传说。那会儿表叔遵父母之命和一个普普通通的女子结婚，婚后生下大儿子凌云。表叔一直是心高气傲的人，不甘心在一个小地方埋没一生，最终吵闹着离婚弃子去了东北谋事，大表婶便带着凌云改嫁他人。表叔在东北做木材生意，偶遇某政府高官的女儿，两情相悦，便又在东北结了婚。婚后得岳丈扶持，生意做得相当红火。得了千万的身家，回转江南的小城市，开了三家照相馆、几家厂子。"二"表婶是个美人儿，给表叔生下一个女儿，女儿十八岁的时候送去了美国学画。凌云一直跟着大表婶生活。大表婶改嫁后，同后来的丈夫又生了一个女儿，得知表叔从东北回来，便把凌云送去和表叔同住。凌云叛逆晦暗的性格在他的人生际遇中隐隐生成。他和表叔一同生活了两年后，大表婶突患癌症死亡，她再嫁的男人一个月后惨遭车祸身亡。表叔或许是为了偿还什么，便把大表婶的女儿也接到了一起。

日子本来可以这么好好地过下去，偏偏表叔动了欲念，得了二表婶这个美人坏子又看上了家里的小保姆。二表婶是个烈性女子，气急之下与表叔离婚回了东北。小保姆成了"三"表婶。

婚后一年未到，表叔得了骨癌，高大帅气的人日渐消瘦，成了瘫在床上的一把骨头。床头未见三表婶的影子，倒是二表婶巴巴地从东北赶回来，一刻不离地守在病床头。凌云整日游手好闲，赌博寻乐。表叔的生意托人打理日渐衰败。凌云欠了赌债，便把家里的红木家什一件一件地往外抵押。医院的欠费单子摊在表叔面前的时候，他才知道，三表婶卷了家里所有的钱财销声匿迹了。所有的费用都是二表婶补上的。

表叔在他生命的最后时刻花掉了他残留的积蓄，两眼一闭去了。二表婶要求表叔的哥哥在山上买块墓地把表叔葬了，以后她死了要将骨灰和表叔葬在一起。表叔的哥哥不肯，二表婶便一头撞在殡仪馆的水泥墙上。

没有人想着凌云怎样了，等到表叔的哥嫂们想起来，他和大表姊的女儿——他的同母异父的妹妹，一起操刀砍人呢，只为还不上的一笔赌债。

这么多年，我一次都没见过凌云，不知道他长什么样子。亲戚聚会，他总是不知道去了哪里。

母亲说，坐牢去了。

（三）春晓小子

春晓，是姑的儿子。姑父说："春晓，是春天醒了，万物复苏。"

可春晓，老是一副"春眠不觉晓"的样子，蔫不拉唧的，不爱说话，满脸小小的雀斑。

小时候，和他玩得最多，因为年龄相近。他"窝囊"，什么事都由着我摆布。我说往东，他就不会往西。不过，我也知道他要往西的时候，我最好不要让他往东。但，这种情况很少出现，因为他很少有他自己想要怎样的时候。

我说他窝囊，不带贬义，只是这词很合意。男人，要有自己的主意。尽管，他只是懒得去想。

这么多年了，春晓至今没有制造出下一代来。所有的亲戚都急，除了他和他的媳妇。

姑父去世了，去世前一刻说还没见着孙子。这么说的时候，春晓也不急，他说："早晚会有的。"

姑说："再不生，我去抱一个。"

春晓说:"不用抱,自己生。"

姑说:"那你给我生啊。"

春晓说:"要生的。"

是啊,早晚会生的,可是,会到什么时候呢?

这些小子们,要不了多久,也都要老了。他们的下一辈,又会是什么样子?

蜿蜒前行

（一）司马

在车站遇上司马。火红色 T 恤，石磨蓝的牛仔裙，白色松糕鞋，染了金黄色的头发在脑后束起高高的马尾。从侧面我就能一眼认出她来，尽管隔了许多年。

我在她背后大声喊："司马！"

她金黄色的头发在晨风里旋了半圆的弧线，盯着我看的时候，眸子发亮。

还是漂亮的女子，只是多了些风霜的痕迹。

看到她总能让我想起俞来，那个高高大大阳光灿烂的男生，现在只能是记忆里的样子。年少时纯真的喜欢，总是停留在白衣蓝裙的校园里。

我们三个一起帮助老大爷推沉重的板车上坡，一起在黑板报上涂下花花绿绿的文字，一起在天黑的时候摸进教室修破碎的窗户……

司马会幸福地告诉我，俞今天约她一起回家。在那些懵懂的岁月里，我始终相信，一切美好的表象的东西都是真实存在的。

而在我们各奔东西的那一年，俞入狱。罪名：强奸罪。

这是司马在我到达另一个陌生的地方时给我的信里所简单陈述的。我无法接受。这个八竿子都打不着的词粉碎了我们对青春和懵懂爱情的所有想象。更无法想象的是那个阳光灿烂的男生，会在无期徒刑里过完他的一生。

我在司马的记事本上留下我的电话号码，想问她嘴唇上方严重的烫伤的原因，又忍下。瞥见记事本旁边的一栏里记着某年某月某日离婚。我注意到她在看我的眼神触及那行字时的反应，立即转了头去。

出租车来了。她拍拍我的手背："有空打我电话。"

我看着她火红的背影逐渐消失在我的视野里。

瞬间不知身在何处。

（二）小琼

上街买牛奶，遇上小琼。我有十年没见着她了，都成大姑娘了，更漂亮了！

记忆里还是那个麻花辫垂至腰间、抿嘴一笑两个甜甜酒窝的小女孩。她随她老爸从新疆回来的时候读小学五年级，我那会儿是个初二的学生。租屋处有一条长长的走廊，她们家住东边第一、二间，我一个人住西边第一间。

记得那会儿到处传言，夜深人静的时候，有人跳进民宅剥十至十八岁孩子的皮，能卖大钱。我吓得不行，她自告奋勇来陪我。两个人挤在一张小小的木床上，一听到风吹草动就拉开了嗓子尖叫，害她老爸一个晚上从东往西跑了五次，后来索性拿个凳子坐在我们房门外边。每每想到这，我总是很感激小琼那个当兵的爸爸。他一米八的个儿，浓眉大眼，常披一件军大衣，脸上满是可亲的笑意。

夏天的时候，我和小琼一起去河边采木香。那条小河直至现在还清晰地浮在我的眼前。河水清澈又明亮，不是很深，能依稀看到游动的小鱼。河道蜿蜒前行，望不到尽处，两岸有斜生的杨树和一簇簇的木香花。木香花纤巧婉约，香味清甜。

靠岸不远还有一种皂角树，老人们说先前没有洗发水就拿这树上的果洗头，能令头发柔顺乌亮。我们通常满载而归，除了头上、手腕上的花环还有满兜的皂角。

沿着来时的路往回走的时候，能看到田野尽头红彤彤的太阳正缓慢地下沉。世界在那一刻是柔软而又温暖的。一如我们奔跑追赶时的心情。

那真是一段无忧无虑的时光。我看着小琼乌亮的眼睛，长长的睫毛在阳光下扇动，她甜甜地一笑，两个酒窝。

我们在街角分开，她转头三次，冲我挥手。随即隐没在人群里。

（三）洁

快下班的时候，听到门外有人唤我的名字。

七八年未见的老同学，突然来看我。我兴奋地叫她的名字：洁！

还能认得我啊。她笑着进来，后面跟着个娇小的女子。

胖了，也黑了。但笑起来鼻子还是会皱那么一下，一如既往的可爱。我看着她，想着先前流逝的时光里那个熟悉的影子。

你还是瘦，她坐在我对面，打量我。怀里抱着她的包。

我一直沉浸在那种多年后相逢的喜悦里，直到她提及现在她所从事的职业。

听说过美国 ×× 企业吗？她问我，并从包里取出两份资料。

一系列的护肤美容用品在其精美的包装下呈着淡淡光泽。

我突然没了精神。

而她突然精神焕发。指着旁边娇小的女子向我介绍：这是与我一起的，原来一直在上海那边……我们现在有个工作室，过会儿我给你留个地址……让她先给你们做个实验，示范一下我们 ×× 的产品……你这可以上网吧，你现在上去查一下，就可以看到……

我在她们一系列的言辞下，机械地回应着。

出于礼貌，让那个娇小的女子在我手上依次涂上国内一些品牌的洁肤润肤用品，并用各种手段来证明那个名为××品牌的东西如何更胜一筹。

离开的时候，洁用可爱的小手与我道别，职业的笑容和声音温婉细柔，无数遍的"以后再见"。

让人心里蓦然长出草来。

小哥哥

要不是那个雨天，我和母亲的一个探头，小哥哥定然还是不知道这条长街旁的这家客栈就是我家吧。他正在对街的房檐下向这边张望着，而我和母亲刚好站在玻璃门口探头望门外的雨，母亲惊异地说了声："那不是国良吗？"我说："不会吧，你看花眼了。"母亲却执意说一定是他不会有错，并立即兴奋起来，回头催我："快拿把伞，我去对街接他过来。"

那会儿雨下得很大，笔直的线条纷纷从天上落下来，像一道幕布。我还在心底里笑母亲眼花了，却没承想她真撑了伞过去，把对街的人给接了过来。

等走得近了，我才看清楚，真是小哥哥回来了呢。

小时候的记忆里有很多小哥哥的影子。老宅和小哥哥家相邻，他家在我家的西边，是一排低矮的平房。老屋后门口

有棵巨大的桑树，休息日，在树下摆上陈旧的木几，搬几个
小矮凳，摊开皱巴巴的楚河汉界，吵着去对门拉小哥哥出来
教我下象棋。那会儿我读小学，而小哥哥已经要高考了，但
只要我叫他，小哥哥必不会拒绝。

　　他家的场地总是扫得很干净，小哥哥经常跑过来和我母
亲聊天，他理应叫我母亲为婶婶，却总是把母亲当成姐姐，
说一些知心的话。母亲让我叫他哥哥，我一张嘴却叫成了"小
哥哥"，听着倒也欢喜，就一直叫到他考上大学离开我们。

　　记得小时候最喜欢的照片，是小哥哥给拍的。那会儿家
里还是刚刚翻建的二层小楼，我穿了条粉红色镂花的裙子，
站在没有栏杆的阳台上，父亲和母亲还很年轻，皮肤紧致，
他们眼睛里有着灿烂的光芒，我捧了束塑料花，笑得眯缝着
眼睛，身后是两棵茂盛的白婆枣树。

　　晚上坐在没有栏杆的阳台上，可以望见小哥哥家整幢房
子的样貌，灶间微弱的灯光会亮到很晚。月光下，院场光洁
干净，一条通往河边的小路旁是个羊棚，时不时还会有探出
头的老绵羊。夏天，母亲习惯在傍晚将阳台用井水冲刷一遍，
降下温度，然后铺上凉席，从屋后的自留田里采来一个刚熟
的西瓜，切上一大盆搁在木凳子上，我就可以和小哥哥躺着
看满天的星斗。有时候说话说得很晚，母亲又忙着手里的活
计，就叫我把小哥哥送到后门口。旧时的楼梯又窄又陡，楼
梯上灯的开关是一根悬着的绳子，每次都必须凝神屏气在黑
暗里摸索很久。以至于如今做梦，经常出现两个镜头，一是
下楼梯，不停晃动的灯泡；二是在没有星星的夜里趴在没有

栏杆的阳台上，张望小哥哥家的平房，那里的灯火总是灰暗着，临近河边的羊棚，一只探头的白羊。

小哥哥还是记忆里的样子，只是头发掉得厉害，以前常说他是用脑太多所致。我一时找不着能聊的话题，长大了，倒生疏了。有多少年没见了？一时半会儿没能数过来。于是保持沉默地坐在一旁，听母亲和他闲聊。记忆里，母亲和小哥哥总有聊不完的话。知晓小哥哥已经工作并且结婚了，母亲很开心，媳妇是小哥哥在单位招聘负责主考时相中的姑娘，贤良温婉，生了个可爱聪慧的女儿，如今一直住在市区难得回来。

雨停的时候，小哥哥告辞离开，临行时要了我的 QQ 号。

晚上，坐在电脑前，QQ 上小哥哥的头像突然闪动。

他说我的头像和我小时候真像，在他的记忆里只有我小时候的模样；他说他都不记得教我下象棋的事了，只记得我很小的时候，我母亲忙时他就经常抱着我玩；他说他一直认为我过得很好，也应该是过得很好；他说这么些年来没有尽到一个做哥哥的责任；他说以后一定要好好补偿。

听着听着，突然，喉头有点紧。

我说我好好的呢，以后一定会更好。

去旧的影集里找出小时候的那张相片，看到老去的房子，流逝的岁月，看到那一排曾经亲手种植的粗糙的盆栽：仙人掌、龙花草、太阳花、孔雀草，它们充当了阳台临时的围栏；看到屋角成堆的干稻草和曾住着爷爷的那个屋子的雕花木窗；看到我们站在阳台上眯缝着眼睛无忧无虑的样子……

只想做棵树

琳坐在我对面，秋香黄碎花衬衣令她看起来温婉动人。

"要是有来世，我不想再做人，做人太辛苦，我只想做棵树，日日站在路边看人来人往。"琳举了举杯中的酒对我说。我好些年没有见到她了，这是相约的一个午后，在一个叫"沸腾鱼香"的小饭馆里，两个女人之间的对饮。

"是吗？你看路边那棵树，也许它正想着要有来生的话，不想再做棵树，只想做个人呢。"

我将杯子迎上去，我们已经用酒精将彼此的脸蛋改造得灿若桃花。

"我现在的男人得到我，只能用三个词形容：不择手段、卑鄙下流、把我逼到穷途末路……"琳仰头把酒灌下去，咬着牙说。她的词汇超出我认知之外地丰富鲜明。

　　"我真弄不明白自己怎么会选择了他！"她把目光投向窗外。

　　"那要是重来一遍，你会选择谁？"

　　"订娃娃亲的那个人，其实是我的初恋。那时候他家有棵合欢树，我收到的第一束花，就是他送的。他爬树上采了一大捧合欢花，用扎线捆好，送到我的手里。那时候他十六岁，我十四岁。我们两家隔着一条河居住，每次只要我上水站淘米，他必定会出现在河边，不叫我，也不说话，只是在河对面站着，看我淘完米起身，他便也起身回去。其实，更多的时候我觉得他对我有好感，是我观察出来的。村上放电影，他挪个凳子坐在我后边，还塞给我一张小纸条，上面写的什么，记不得了。"

　　琳抿了抿嘴，停顿了下。

　　"后来，十八岁的时候，他搬到我家住。我们一起去书局买书，给他准备的房间里有个很大的书柜，我们买来的书都放在那里。他考上大学那一年，他的父母开始反对我和他在一起，觉得我配不上他。但我们感情一直很好，要不是他和我父母有了冲突，他也不会离开我家。后来，突然听说他要娶别的女孩子了，我有点受不住。长大了他要娶我、我要嫁他好像是天经地义的事。整个夏天，家里人出去乘凉的时候，我就把自己关在黑屋子里大哭。我也不知道哭什么，就是觉得想不通。

　　"一个月后，我独自一人离开了家，出去找工作。似乎是命运的安排，我遇到了现在的男人。那时候，他刚刚结婚，妻子在医院诞下幼小的生命。我不知道他已经结婚。他对我很好，处处体贴照顾。我那时候性情很极端，只想尽快摆脱一个人孤苦的生活，也想尽快从前一段感情中走出来。我们同居了，直到我怀了他的孩子，我才知道他是个有妇之夫。心情黯淡回到乡下的时候，遇到以前的初恋，他并没有结婚，并且一直在找寻离家的我。而我已经不知道该如何面对他。

"我再一次独自离家，把自己隐藏在城市的喧闹之中。那个欺骗我的人我不想再看见他。但孽缘好像从未远离我，我大着肚子和他偶然相遇在街上，他说他无时无刻不在找寻我，他说为了真爱他已经离婚，未满周岁的孩子判给了他，他要和我在一起。多么美的谎言啊，只可惜那时的我被表象所蒙蔽。我毫无防备、心甘情愿地和他结了婚。我为我的孩子找到了合理的名分，并且开始含辛茹苦地照顾两个孩子。我一直以为我至少嫁给了一个真心爱我的男人。可是，就是这样一个男人，在婚后种种的言辞里让我知道，是他的妻子离开了他，我只是他人生惨败时的一枚棋子。"

琳的目光流连在街旁的行道树上，她突然停止了叙说，仿佛为自己的过往默哀一般。

我正要开口，她又毫无征兆地迅速站了起来："我该回去了，两个小的还没吃呢，我得回去给他们做饭。"

她没有看我，抓起搭在椅背上的外套，径直出了门，随即隐没在人群里。只留下街道两旁的梧桐树叶被风吹得瑟瑟作响。

每个人的故事都在上演

很久没有登录 QQ 了，上去的时候，看到"双"的头像不停地跳动。我习惯在 QQ 上把朋友的昵称改成自己喜欢的称谓。双是她名字里的一个字，我喜欢这样的排列，"又"和"又"，有两个人由远而近状态亲昵互相依偎的温暖感。

双的留言简短而又急切，一个十一位的电话号码加三个拖着惊叹号的急。正是上午时分，办公室里最乱的时刻，我迟疑了一下，终于按捺不住抓起了电话。和双有多久没有联系了？记不清了，看到这个字，却能一下子想起她的样子。额头光洁，头发纹丝不乱地在脑后绾个髻，描得细细的眉，眼睛狭长，嘴角有凌厉的弧度；大概喜欢黑色，肃穆高傲不可亲近。双，是我一个朋友的老婆，两人常年两地分居。那个朋友在我 QQ 上的称谓是"石头"。

提起电话的时候，脑子里有了最直接的想象：石头出事了。至于是什么事，以我的智商推测到的是：生病了，而且病得不轻。请原谅我这么想象我的一个朋友，只是对这样突如其来的急切，我能找出的唯一理由：病入膏肓。这么想象的当口，我的鼻子甚至没来由地酸了一下。

双的话直截了当，给我"误"的电话，我要找她谈谈。"误"是另一个女生在我 QQ 上呈现的名字，错误的误。看到这个字，我也能一下子想起她的样子，最初见她时的样子，和最后见她时的样子。最初见她时，个子不高，圆圆的脸，笑起来嘴角有点倾斜，这个很有特点，戴一副镜片很大的近视眼镜，短头发，傻傻的小丫头。最后见她那次，感觉她长高了，可能是高跟鞋的缘故，描了眉，上了淡淡的妆，头发烫过，眼镜是时下流行的框，洋派了。

双找误的理由很简单：石头说很多女人喜欢过他，但中途都改变了，但误喜欢了他这么多年都没有改变，他是真的被她感动了。感动之后的延伸就不言自明了。双要和误谈谈，她要了解一下误是不是一个可以给石头幸福的人。双对着我说："如果她给不了他幸福，那么她怎么可以从我这里随便拿走我培养了这么多年的东西。"双这里所说的东西，是指石头。

我沉默了很久，那个平安夜的夜晚不自觉地在我眼前浮现开来。误趴在床边给石头揉摔伤的腿，她揉得那么仔细专注，揉得仿佛要把痛苦都揉到自己的骨头里去，而石头眼里专注的却是另一个人。还记得窗外破晓的天空透进来的那道莹亮白光。

"石头怎么想的呢？"我问双。

"他问我该怎么办。"双回答我。

这话令我笑了，石头的秉性，一个不敢承担或害怕担当"爱情"，又要打肿脸把仁义责任摆在头条的人。如果那是爱情的话，如果感动也能转化为爱情的话，这个年头，爱情就可以摆地摊了。

"老子会成全他们的。"双说。她习惯称自己老子。这点让人感觉她很威风。

我没有误的电话，这些年删了很多电话，留了个别的几个，有的留着也只是看看，从来不打。想来有的号码也都已经更换主人了吧。可我，也只是放着看看罢了。

那一年，误在火车上遇到石头，充满仰慕地看他，就像中了蛊惑或是魔咒吧。错误的误。在误来说是她的固守和执着，不分是非对错。

双，两个人相互依靠，就要给彼此温暖。分得越远，就只能又……又，靠得近了，才能成双。

石头，如果爱，就勇敢地去爱，如果不爱，也要勇敢地说出来，顾此失彼，你不能永远只是这样。

人生的故事，你方唱罢我登场。

两条鱼和一个方程式

买早餐的时候，总会路过那个街角。

那儿是游贩出没的场所，每天不断地更换经营的品种和经营那些品种的人。如果人生的舞台缩得小一点再小一点，这儿正合了那句：闹哄哄，你方唱罢我登场！

生活很单调，差不多每个人都是如此生活，也许有过心情烦躁凌乱的时刻，但总会过去，然后静下来，如水流动。

今天天气好像还不错，有风的日子，我喜欢。

路过街角的时候，那儿摆了一溜儿的金鱼缸，大大小小，每个鱼缸里都养着几条失去自由的鱼。它们摆动的尾巴很美，诱得我停了脚步。我的视线落在最小的那个缸里，那里有条最小的金鱼，白色加上凌乱的红点，我蹲下来。

我对鱼说："你没有自由了，别动！"

鱼对我说："我不能停下来，一停，我的自由就真没了！"

我对鱼说："你累吗？"

鱼对我说："你累吗？"

我忽然就喜欢上了它，我是个人，我很自私，我想我办公室桌上的紫色洋兰该扔了，我要流动的东西，我要这条鱼。

我口袋里有我买早餐的五块钱，我拿走了鱼，饿着我的肚子。

我捧着这个鱼缸，很小心地转身，带着它上班去。

好久没有穿高跟鞋了，鞋跟敲在马路上的脆声会让我的脑子里浮现很多幻化的东西，比如一只断了翅的鸟，再比如幽深巷口女子的压抑尖叫。我不喜欢高跟鞋，但我现在穿着它，鱼不喜欢缸，但我买下了缸中的它，有时生活没有规则。

风吹过来的时候，我吹了个亮亮的口哨，惊起垃圾箱上几只去年的苍蝇。它们的生存能力很强，让人敬佩。有个男人盯着我看了很久，我从他的瞳孔里看到一个穿着粉紫色高领毛衣、隐格裙裤、灰色长风衣的长发女子，手里捧着一只小小的鱼缸，并且不合时宜地吹着口哨。

我问鱼："好听吗？"

鱼摆了摆尾。

抬头看了看天，被楼宇挤成了狭长的一条，真想把它放油锅里炸炸，让它沸开再沸开。

钟楼的时针提醒我，上班时间快到了。

走过前面那个转盘，就可以看到单位的大门正张着口等我当它的早餐。过转盘的时候，我见缝插针地想了想：今天会有几个意外？几个收获？

鱼突然问我："我算不算？"

就算上你吧，小可爱！我用嘴在冰凉的玻璃上印了一下。

方程式现在开始：X 是上午，Y 是下午，$X + Y = Z$，Z 是一整天吗？NO，Z 是虚空的，像零，起始与结束，跑了一圈，你仍在原地打转。

主任没来打扰我，很好。上午看迟子健的小说《芳草在沼泽中》，我想去她笔下的"回龙观"瞅瞅，那个墙上悬挂着蒜辫子和各式农具的酒馆，空气里有亮堂堂的二人转，服务员不叫"小姐"叫"丫头"，完事了大声叫唤——结账！想看看那酒馆里的人的放纵、无所顾忌、互不注意、开怀大笑和乱弹烟灰。想象那种闹哄是怎样一种敞开了心灵的闹哄，感受那种家常的、底层的气息是否真如笔者所说让人有月下漫步的逍遥感！

我的思绪还不足以抵达回龙观的时候，电话铃响了。

鱼惊了，水波很好看。

"嗨！你好吗？"

电话里的声音好像很遥远，又好像很近。我"啊"了半天，才蹦出一个字："你！"

"是我，阿健。"

我的脑子在看到鱼对着我瞪眼的时候恢复得很快。我和阿健是同学，只不过我们在踏上红地毯的时候把脚转了方向。

原因很多，一时半会儿记不起来，好像和自尊与自傲有关。人们常说要彼此了解，但人要真把对方给看明白了，看得太明白了，就不想再看了。

话题扯得很开，我觉着自己有点像在汇报工作："几年没见了？三年？最近身体好吗？"

"上个月右颚下关节功能性紊乱，至今没痊愈，也许下回就是右脑神经功能性紊乱了。"

"你还是这样，一点没变，净瞎说！怎么想到给我打电话？"实在没什么问，我问了个最傻的问题。

"想你了！"

"家里要拆迁了，过了春节。"我干咳了一声，转了话题。

"我还记得那棵老槐树，那座小桥，那条河的水，想忘也忘不了……"阿健的声音突然低沉了，撞在我心口上，我听到回声。

"斯逸好吗？孩子有三岁了吧，该管教你这个当爸的了。"我突然希望自己此刻就在回龙观里，我不用这么和阿健说话。我们可以在"哥俩好呀，五魁首呀"的划拳声和争论声中，大声地把彼此心里的不痛快给抖出来。我们甚至可以在激动的时候掀翻桌子，而周围的人只顾吃他们有滋有味的酒。

话题扯上孩子，总能令天下所有父母饱含深情。我知道，一切都远了。阿健也知道，这只是一个突然想念的上午，一个电话，同学间的寒暄。

鱼对我眨了眨眼：该说再见了。

我继续看《芳草在沼泽中》，感觉就坐在回龙观那个没苫台布，桌面满是划痕、松动的木节孔以及布满烫伤痕迹的木桌旁，看一只苍蝇从藏污纳垢的裂缝中抽身而出……

主任推门进来："让我女儿在你办公室待会儿，她妈妈刚送过来，我中午有应酬，麻烦你带她吃午饭。"

小丫头的头从门旁探出半个来，露出两只乌亮乌亮的眼睛，小辫上蓝色的蝴蝶结上有闪光的蕾丝花边。

我点点头：你放心去吧。

"来，过来，几岁了？"

丫头站在我面前，手指含在嘴里，落在金鱼缸上的眼神活跃而又亮堂。

但声音怯怯地回答我："六岁。"

看她手里拿本故事书，带拼音的，我说先放着，阿姨一会儿给你讲故事。书是没法看了，一看表，十一点半，可以去吃午饭了。单位的工作，让人产生惰性，一张报纸、一杯清茶，侃侃大山，说说闲话，食之无味，弃之又惜。

小丫头很乖，我堆在她饭碗上的肉骨头、香菇青菜、雪菜肉丝她都消灭得一干二净，只是小小年纪很沉闷，我问一句，她答一句，除了看那条鱼时的灵动。

午休的时间，拿起她的故事书，我问她："想听故事吗？"

"我会讲。"她的黑眼睛闪闪的。

"哦？那给阿姨讲一个。"

"只会一个，妈妈教我的——《早上三个、晚上四个》。"

小丫头把书翻到一篇有猴子插图的文章中，开始给我讲，她根本不识字，但依然认真地对着本子读了起来，确切些是背。

从前有个人养了三只猴子，猴子饿的时候问他要东西吃，主人说：以后每天早上我给你们三个果子，晚上给你们四个果子。猴子认为太少了，主人考虑了一下说：那好，我给你们多一些，早上四个果子，晚上三个果子。猴子们都拍手叫好，他们以为果子真的多了……

小丫头读得很认真，并不时地迅速用她的黑眼睛看上我一眼。

我揉了揉她的头发。

"真不错，你知道这个故事的意思吗？"

小丫头很茫然地摇了摇她的小辫。

我知道，猴子比人单纯多了。鱼摇动着尾巴对小丫头笑。

"就你聪明！"我用食指在玻璃缸上点了一下，随手在空中抓了一把，问小丫头："阿姨手里握了什么？"

鱼摇摇头说："骗小娃娃，啥都没有。"

"有——有！"小丫头怯生生的黑眼珠看着我的手，"阿姨手里有阳光。"

我忍不住亲了她一下。看着鱼开始大口大口地在水面吹气泡。

下午两点，主任没有回来。

　　我给小丫头讲了六个她妈妈从来没有给她讲过的故事，下了五盘飞行棋，每回我都输。

　　下午开始有事，不断有人查资料。

　　小丫头趴在桌上和鱼说话："爸爸是不是又喝醉了？"

　　鱼说："快回来了吧。"

　　小丫头认真地说："爸爸老喝醉，上回醉了，上厕所拉链都不会拉，是妈帮他的呢。"

　　鱼和我都忍不住乐了。

　　"走——"我拉住小丫头的手，"带你去阳光底下走走。"快下班了，这段时间不会有人找。

　　我带小丫头去街角，那个游贩出没的地方，下午，这里摆着一溜儿新鲜欲滴的草莓，装在竹编的小篮子里，排得很整齐，篮子底用雪白的棉质布料铺衬着。

　　"丫头，好看吗？喜欢的话我们就带一篮回去。"

　　丫头拼命地点头，我喜欢她这样没遮拦地表达自己的喜欢。

　　我拉着她的手，拎着那一竹篮草莓，往回走，过那个转盘，鞋跟敲在马路上的声音在午后淹没在各式的喧闹中。在我低头用纸巾帮小丫头擦鼻子的时候，我听到一声尾音拖得很长的汽车喇叭声。

　　我本能地回头，一辆别克车的窗缓缓地摇下，一张熟悉得不能再熟悉的脸，一双熟悉得不能再熟悉的眼睛盯着我。

　　是 T，一个教会我什么是爱，什么是被爱的男人，尽管这个男人已经离我很远。

我想我可以在这瞬间走近他，只需轻轻地转身，我可以舒适地坐在他身旁的那个空位上，不去想刚刚从这位子离去的女人的模样。

我想到了办公桌上的玻璃缸里的那条鱼，它寂寞地在它的空间里游动，一停下来，我就真的没有自由了，我听到它的声音。

我的眼睛只在他的脸上停了三秒，然后我继续用纸巾给小丫头擦鼻涕，比先前更加认真。我模糊地在小丫头的脸上看到那个每天守在学校门口护送我回家的男人，包括那帮跟着他的小痞子。他们都叫他"老大"。我记得他为我写的那首歌里有一句："这世界真可爱，因为有你值得我来爱。"我看到自己激烈地对他说："你想一直这样，一直这样下去，无所事事？"我看到他在纷飞的雪花里远去，说："我会等你，等你毕业，等你长大，等你爱上我。"我看到他在社会上苦心经营和挣扎，只在几个月几个月之间突然出现，拉住我的手，打开车厢说：这是给你的礼物，每到一个地方，我就给你买一份礼物。我看到那些乱七八糟的精美的东西躺在车厢里，傻傻地笑。

鱼说："这世界太大了，不如这个缸来得自在和安稳。"

我听到他说："这个世界太复杂，我已经配不上你。"

我知道，他在"回龙观"靠窗的位子上，看到了外面的风景，有点身不由己。

我拉着小丫头的手，走过那个转盘，没再回头，身后寂静无声。

　　主任回来了，是醉了，但没有醉得忘了女儿。

　　鱼在缸里自在地游，我看看表，要下班了。

　　我问鱼："今天有几个意外？几个收获？"

　　鱼说："没有。"

　　我问鱼："$X + Y = Z$，Z 是什么？"

　　鱼说："Z 是你可以回家了！"

爱情空酒罐

西是那种很自我的人。第一次看到他，是在一个朋友的酒会上，在一群西装革履的人中间，他显得有些突兀。

夹克的链子拉得很高，没剃胡子的下巴藏在衣领里，牛仔裤大概穿一个星期没洗，分不清颜色，眼睛里有落拓的神情。

别把自己包得太严实了，我取笑他，虽然我知道他是个小有名气的画家。

一个外乡人的习惯而已，西拧了下眉尖说。后来我发现，这是他情绪波动时特有的一种表情。

酒会后，有人提议去 K 歌。西的歌唱得很好，他天生就有一副能把你的神经系统揪紧的嗓子。"我要从南走到北，我还要从白走到黑，我要人们都看到我，却不知道我是谁……"

西旁若无人地唱。

这不叫唱，叫喊，歌是你心里存着的一种欲望，我冲西笑笑。灯光下，西微微拧起的眉一闪而过。

"如果你看我有点累，就请你给我倒碗水……"西继续旁若无人地喊着那首歌。

"要是渴了，我们出去找水喝。"我笑了。

冬夜的街头很冷清，风不是太冷，但已让人有了想寻找温暖的念头。

"以酒代水吧。"

买了两罐啤酒，我们在街上游荡。走过一个摆着漂亮洋娃娃的橱窗，西停了脚步，伸手在玻璃上擦了擦，说："积灰尘了！"

"是玻璃，还是洋娃娃？"我问。

西甩了甩头，说："都不是。"

身后有个男孩子对一个女孩子说："我送你回家。"

"这话我也说过，那年我应该十七岁，读高一。"西看看玻璃中的我，眉尖不自主地收拢。

他用手指在积了灰尘的玻璃上画了一个"兰"字。自言自语起来。

"兰是坐在我身后的留级生，剪很短的发，喜欢穿宽大的男式衬衣，袖口松松垮垮地挽起，说话不给人留余地。不知道为什么，她老爱欺负我，没事总把课桌狠命往前挤。实在受不了，我们开了战。十六七岁的年龄处理问题很简单，我们面对面吐唾沫，嘴里干了，就换一种方式，文具盒里的钢笔正好可以替代，我们彼此得意地看对方的衣服上有了墨水的痕迹，袖口擦过的脸斑驳陆离。"

我忍不住笑了，西的花脸一定很有意思。

"兰首先放弃，蹲在那儿哈哈大笑。看热闹的同学说：两个神经。班主任一招就解决了问题，把我调到最前排，而兰在角落里。自修课的时候，老觉得背后有人瞅我，转回头，却找不到目光的来处。那天那节课有点漫长，我感觉那道目光又在我后脑勺上发烫。我用了点技巧，猛然回头，我看到一双黑亮的眸子，在窗口折射进来的一线阳光下闪闪发亮，那是兰的眼睛。"

西停了停，眼神迷离。

我盯着橱窗里漂亮洋娃娃的眼睛，试图在灯光下感受西当时的心情。

"我们不再互相吐唾沫，或者甩钢笔水，在校园的小径上遇上兰，她便红着脸走开。我也不敢再放肆地去捕捉那道目光，但我知道那目光一直在我后脑勺上发烫。那天，一个同学的生日聚会，我去了。屋子里很热闹，兰也在。大家一起围着跳迪斯科，兰离我很近，我闻到了她的发香，甜甜的，有着苹果的味道。聚会结束后，同学们四散开去，我站在兰身后，很突然地冒了一句：'我送你回家。'"

西沉默了会儿，低头喝了口酒，额前的头发掉下来，我看不到他的表情。

"高二的那年，兰有了改变。

"兰穿着那条紫色的裙子走进教室的时候，男生们开始对着兰吹口哨，除了我。我第一次发现，不穿男式衬衫的兰居然很好看。

"高二的学年过得很放纵，七个哥们儿迷上了武侠，说要成为'江南七剑客'，逃学的日子疯狂又刺激，兰会陪我去学校旁的小树林'练功'，记得老毒物练那'蛤蟆功'我也试过，兰在背后看的时候，会突然说：'你的肩膀比我哥宽。'"

我下意识地看了看西的肩膀。

"兰去遥远的岳阳学习，一年。

"我是寄读的没有父母管的孩子，我不停地放纵自己，不停地滋事，找架打，白天就在教室里睡大觉，这时候我认识了枫，枫很喜欢我，喜欢轻狂的我，她知道兰，但从不提起。我开始喜欢枫的温柔，在她眼里，我觉得自己是个放纵的'英雄'！但我一直喜欢画画，有时候觉得房子是我的避风港，我会躲在里面不想出来。

"兰几乎每天都会来信，说着遥远的故事和遥远的天气，她从同学那里知道了枫，但也绝口不提。

"兰回来的时候，什么都没说，拉住我的手跑去江边问，西，你看到了什么？我说我看到了远方。

"兰没有说什么，转身走了。

"枫问我爱不爱她，我想她要一个虚虚的承诺，但我沉默不语。枫转身的背影让人心口生疼。

"我开始把自己关在屋子里，我不想见兰或者枫。我不能再这样，不能再这样下去，我开始拿着本子到处画速写，夜里画素描，最后很出色地考上美院。"

西转头看了看我，你是不是觉得我不是个好人？

我没法回答。

还记得刚才那首歌吗，西随口哼几句：要爱上我你就别后悔，总有一天我会远走高飞，我不想停留在一个地方，也不愿有人跟随，我要从南走到北，我还要从白走到黑。

西在玻璃里看了我一下，我知道他无需我的意见，他只是在诉说。

"分离的时刻来了，江边，我看到兰眼角的泪。兰轻轻地说：'如果你喜欢上别人，你就告诉我一声。'那是夏天，兰说有点冷，我也冷。

"再见到兰，是多年后的一个春节，同学结婚的喜宴上。我看不清兰的变化，大家一起疯狂地喝酒，兰醉了，'我送你回家。'我站在兰的身后说。

"兰醉得很厉害，看着我说一些醒着永远不会说的话。"

"兰结婚了，"西叹了口气，"我没有送她回家。"

"那人的肩膀一定比你宽吧。"我走到西旁边。

"可是枫为什么一直不结婚？"西侧过脸。

"你要是不拧眉，就没有灰尘落入你的眼睛，西。"

来，我举起手里的酒罐，干了吧！冰凉的液体像一只寂寞的手，慢慢从喉头探下去，又迅速占领了每根神经。

酒罐在西手里扭曲变形，吱吱咯咯的声音破碎而又遥远……

"走吧，我送你回家。"我在西对面的玻璃里转过身去。

每个人有多少宝贝

（一）咸丰重宝

最先想起来的，是一枚古钱，咸丰重宝。很多年前朋友递给我的时候，用一张普普通通的白纸包着，古钱上还留有身体的余温。那包裹的普通白纸上写的句子已经模糊。古钱坑洼的缝隙里似乎有难以填平的往事。有很长的一段时日，我始终把它挂在脖颈间。我戴着它坐车去见我无边年月里日益重要的一个人，因为那枚古钱的相伴，去的一路在我的记忆里就留了红色的衣衫和阳光中晃动的古钱。它于我、于那些流失的日子，都是古老的印记。

（二）紫色纱巾

因为它带给我的柔软感觉，因为那些自然的褶皱，因为它的由浅及深、由深及浅的过渡色，因为那个挑选纱巾的人，我对它视如珍宝。可事实上，我把它捧在手里的时候比把它戴在脖子上的时间要多得多。有的东西看上去很美，但那些看上去很美的东西，往往只是出自自我的感觉。这样就好。

（三）银色发簪

小时候在家里刚涂白的墙壁上画仕女图，画完了，总不忘在松松的发髻间再添上一笔，一根发簪，尾部垂下细细的链子，链子顶端，再加两颗圆润的珠子。墙上的女子便可以走下来，环佩叮当，摇曳生姿。当然，这番想象总是被父亲的怒骂吓得仓皇而逃，仕女怕是也隐回墙缝里去了。案上的银色发簪是一件礼物。女孩说："想你把长发绾起来的样子，就用这样的发簪绾住，该是怎样的美好呢？"她递给我的那一年，我刚好把长发剪短了些，我说等头发再长长了，就绾起来。头发长长了，却一直没有学会怎样用这个簪子。于是，如小时候一般，也就只能对那样的妩媚生姿空留了想象。

（四）一个杯子

那一年，结束一场纠缠不清的官司，把自己扔在一群陌生人之间驴行。行走在路上，看整片整片已经褪去金黄的油菜花，坐在夜间孤泊的乌篷船上吹风，路过古老的门廊，望见檐前前世的蛛丝网、门上今生的铁锁环。晨起，看一群陌生的同行人用简易的炉灶煮方便面加鸡蛋，窘迫于自己竟然没带餐具。看他们都用自带的银色杯子津津有味地吃着，心里干着急。之后，收到同行驴友送来黑色网兜里银色的小杯，奉若至宝。每回出门，便把它塞在包里。有次去南京，同行的几个朋友在傣妹火锅狂饮，都嫌一次性塑料杯子太软不过瘾，见我举着银亮的小杯便红了眼睛，扬言趁我不备要偷了去。我作势捂住。一个小小的杯子，可以盛住很多。

（五）一只手镯

以前读某个作家的小说，总会想起来那枚掉下山崖的镯子。独一无二的镯子，丢失了便不再回来。结婚三周年的礼物，那时候，还知道纪念，一起跑去一百底楼的珠宝柜台。他给挑的，白金镶嵌了并不奢华的锆石，很秀气，适合我细细的手腕。分手的时候，交还给他，他说留着吧，留个纪念。可是，纪念什么呢？如今依然会在夏天来临的时候戴着它，只是这个好看的镯子有个大缺点，容易扎疼偶然靠近的人。我们曾给某段时光圈住，圈住的时光是无瑕的，时光之外，一无是处。

（六）一瓶香水

smile 是那瓶香水的名字，生日礼物。几年过去了，至今，香水只蒸发了一点点。心情不好的时候，会闻一下，从来不涂。记得要微笑哦。她递给我的时候这样说。一个女人不经意的靠近和执着，到了一定的时间就像渗透进肌肤的香气。

（七）一本书

书已经不成样子了，因为浸过水复又晒干，它更像是一个风烛残年的老妪的额头。每次拿出来的时候，我便不停地抚摸，尽管我知道这样的举动是徒劳的。印迹有了，就再也抹不去。这本样书已是绝版，"想吧"这个由我们亲手打造的论坛存在了三年，浓缩成一本书，然后像风筝一样放飞了。飞了更好。不是都在喊口号么，更高、更远、更强。那么，飞吧，飞得越高越好。飞得越远越好。梦想，或者其他。书是和黑暗的河流联系在一起的，我想象它飘浮在黑暗的河流上的样子，轻，无比地轻。我感谢那个飞身跃下河流把它打捞上来的朋友，无比感谢。梦想，一本书，已经足够。

（八）一盏灯

瓷制床头小灯，素色的底花，是每个不眠之夜熄灯后必然要打开的。滴上一滴桂花香精在它顶部的凹槽内，灯的热度令桂花香气一点点弥漫，在头顶上方漾开，指引我抵达安然的梦境。我不知道，另一个她是否安然。我们都需要一盏灯，一盏永不熄灭的灯火，引领我们走出夜的黑暗。

（九）一个人

"斯世当以同怀视之"，镇纸上纤细的字，沉沉地将我镇住。

一个我一生守望的人。应该和所有都有关联。

售楼绝技

朋友说我的决定具有"划时代"的意义。不错，估计分期付款要"划时代"了，但不管怎样，这座地标性建筑的第十九层，将是我的家。

憧憬了许久的生活，我正一步一步地靠近它。站在向晚的风里，我如是想。这一切的一切再艰难，对我来说都是一种鼓励。

昨天晚上，我还在和售楼的软磨硬泡，没有办法，这个楼盘太过抢手，扔钱的玩意，还愣是不给你订。我跑了 N 次说得嗓子都有点哑了，售楼处一个姓陈的小子才稍微透了一点点口风，说有个苏北人下了十万订金在他那里，他负责说服他买西边的一户，把东边的留给我。十五层以上的都必须整层出售，这是商家的售楼招数，我只能耐着心等待合适的时机。

这个售楼的小子叫陈小明，长得和我一个朋友神似，戴副黑框的眼镜，说话速度快，嘚不嘚嘚不嘚地，给他搅得心烦意乱，边说还边习惯性地推搡下眼镜架子。我去的时候，他照例热情备至地给我倒上水，安排我坐下。

第一句："你要六号楼？六号楼东边都没有了，西边有。"

我说我要七号楼。

他说："七号楼二十层以上你不要考虑了，都是内定。二十层以下至十五层整层出售，十五层以下，东边也快卖完了。"

我盯着他："我就要十九层东面。"

他很快地打断我："十九层东面？想都不要想，十九层整层都给副市长包了。"

看着他摇头不止，我心下不信，故意激他："没有？没有的话我只能不要了，去别的楼盘看看了。"

我作势要站起来走人，没承想他还是继续摇头："真没办法，你要走也只能走了，真的是买不到呢。"

我复又坐下，心里有些颓丧，这小子还真憋得住。他继续无可奈何地看我，我只得放柔了腔调让他想想办法，能否变通一下，看看他或他同事手头有哪个客户需要西边，那样刚好可以和我合买一层。

陈小明在那绞尽脑汁地想着，突然灵光乍现地冲着我说："对了，我手上有个一期收了商业订金的客户，这期通知他要他来订房，若他不过来，他的十万元现金就得没收，我看能不能把他安排在西面。"说完，他便兴奋地颠起身来，径直往总台而去。那一刻，陈小明稍微有点胖的身体，看起来平添了几分可爱。

几分钟的时间，他即转回来告诉我："我给他打了电话，让他明天早上八点之前一定到我这里，你明天七点半也必须到这里，这样，我帮你们同时把协议签下去。"

虽然主动权还是掌握在他人手里，可毕竟有了一点希望，我说："那万一你那个客户明天不来呢？"陈小明说："这已经是最大的努力了。"

晚上一宿没睡安稳，做了些乱七八糟的梦，做得很累。七点去工地实地察看了一下。工地负责开临时电梯的阿姨真朴实，把我拉到十九层又把我从上面拉下来。十九层东面的位置，前面可以看到清清的琴湖，后面是淡远的青山和方塔，一切尽合我意。心里盘算着等会儿要出现的状况和如何去和陈小明磨叽。

等着买房的人来了一拨又一拨，听上去都是要楼层东面的位置。陈小明所说的那个下了十万订金的叫张向阳的客户，却是迟迟不见人影。我开始有些心慌，排在我后面的美女一个劲地问陈小明要十八层东，这个戴着黑框眼镜的小子给同时来的几个客户弄得额头冒汗，那些汗珠子增强了难度的可信程度。

张向阳一直没来，陈小明给他打完电话后扭头看我："他说上午会来的，刚才还在睡觉，这会儿陪老婆在医院看病呢。""你也给这姓张的使点计谋呀，你就说你再晚来就只有三四层西，上头一套都没有了。"我给陈小明支着。陈小明这小子还真鬼，他说："等会儿张向阳来了可能改主意，不怕一万就怕万一，我就给他说你也等着要西面一套，东面的已经订掉了，这样他就会急着下西面的单子。"我完全同意合作，只是那张向阳直到下午才出现，还没等我看清楚他的脸，陈小明已经把我拉到了一边，做贼似的嘱我赶紧下单签下东面的那一套，而且是十九层。

就在我签下订单的前一分钟，一个穿着紫色洋装的售楼小姐还在我身后应付她的客户说："十九层整层都给副市长包下了，想都不要想。"

瞧，一不小心还享受了回副市长待遇。

一路往北

怀抱着三份合同站在向晚的城市街头，望着陈小明矮小的身影往南而去，他的步伐是轻快的，一笔订单顺利完成，就等着提酬劳，我抚了下稍感凉意的胳膊，转身往北。

云层很低，浓稠的灰色当头罩着，像一把遮天盖日的伞。风似乎比来的时候更紧了些，将地上几片梧桐树叶子卷起来，在我身侧打了个转，又接着往远处去了。我的目光追随着它们旋转的姿势，停在远处新客站的尖屋顶上。我要到那里去，坐车再往北。

身侧车流移动的速度令人变得恍惚，顺着人行道，我像一枚叶子，在秋风里往北飘着。这种突然丧失分量的感觉，总是在每年的秋天如约而至。

身体和意识都像刚打完针的空管，剩一股气在肚子里没有着落。我坐上最末一班车，往更北的北面而去。车厢里空荡，有几个老者散坐在角落里，令这辆车子亦不觉有了秋的气味。我把头靠在椅背上，看窗外的景渐渐荒芜起来。身后那座喧嚣的城市离我越来越遥远，我离一个灯火昏黄的小镇越来越近。

人总是不断离开，不断出发，然后到达；继而又是离开、出发和到达。我们被这样的过程折腾着，又无可避免地接受着，进行着，周而复始。

想起来昨晚的梦，出发，去寻找一个人。骑着单车穿过大块的田野，田野里种满了白色细长的植物，不见一片叶子，只在细枝丫的顶上开着硕大的白色花朵。因为沉重，花就垂下来。我在高低不平的泥土上面使劲蹬着车子，田野无穷大，看不清路，再怎么努力地想，也想不出来该在哪个地方拐弯，要往着哪个方向，才能寻找到要寻找的那个人。渐至天亮，依然没能到达，倒是醒了。

下车的时候，天已经看不清样子，更像是个洞口。自己就像是从那个洞口掉落的生灵，被这个灯火昏黄的小镇吞在口里。风吹得胳膊更凉了。凉爽这个词在秋天不再适用，凉之后不再是爽的感受。苍凉是适合秋的。文人们习惯用萧瑟苍凉来形容秋，秋的凉让心里生出天地苍茫的感受。我沿着大桥下一段小摊贩的铺位一路继续往北。一些东北人的小卡车依次在这座小镇的长街上一字排开，车上是成堆的水果，车旁是用简易木架子堆起来的简易摊位。橘子、苹果、梨在昏暗的灯光里畏缩着，倒是边上红澄澄的柿子泛着诱人的光，我给它们诱惑了，那被秋感染得萧瑟苍凉的心里蓦然升起一团暖。我停下来，抚摸柿子光滑的身体，把它们装在马甲袋里。

我现在提拎着属于我的暖，继续往北。继续往北的时候，因为这些火红的柿子，我开始想年轻的时候遇到的一个说爱我的人。他问我喜欢吃什么？我说柿子。于是他跟我描述他家院子里大大的柿子树，一共有三棵，年年会长很多柿子，开始变成橙黄色的时候摘下来，割露水中的青草，垫在坛子底下，一层青草一层柿子放着捂，过几日取出便是红艳艳的。每年柿子成熟的时间，他都会细细描述满树柿子等待采摘的景况，而那些柿子，却没有一只递到过我的手里。四年的时间，我们终于没有走在一起。暖只在他的口中传递，却从没有进入我的身体。

我走在这条长街上想着年轻时最初的感受，想着自己因为没吃到柿子而心中升起的怨念，想着究竟是不是应该直接对他说："那你给我带点柿子吧。"

温暖是索要才能得来的吗？有个朋友说："若不索要别人就不知道你需要的是什么。"究竟是不是这样呢？

风倒是稍停了些，它仿佛是吹累了，不想再坚持它无谓的姿势，也不再卷带着落叶来证明它的存在，它散在我的四周，散在这浓稠细密的夜色里了。

第三辑　人间有情　草木有意

与酒的一番长谈

一说到酒，就如同聊起一位多年如影随形的挚友。年少的时候因为所谓的淡薄忧愁与它轻而易举地相遇，让它窥探到如花岁月里懵懂的慌乱与执拗。一路走来，无论悲欢喜乐，总是有它相伴，但似乎喜悦的时候寻觅它相对少一些，而独自哀伤的时候，它必定是在的。这恰恰与一个真正意义上的好友相似，不一定分享你的快乐，但总会承担你的悲伤。

记忆里最淋漓的一次畅饮，是在东北。农家的小木屋被皑皑白雪覆盖，山野清寂，屋内炉火正旺。烧得暖暖的土炕上，生命里重要的四个人围坐着，杯中斟满农家自酿的白酒，话语皆出自肺腑，心性所至处嬉笑怒骂，酣畅至极。聊到何时早已记不真切了，四人均是饮至倒下蒙头即睡。凌晨热醒，才发觉屋子的主人不知道何时为我们盖上棉被，而土炕里炭火燃烧的声响如同一支柔软的夜曲。爬起来在农家的木桌上找到一盆大骨头，就着半壶凉水啃得幸福满足，而屋外不知何时飘起了大雪。那场无声的大雪，在我们沉睡的时刻将整座木屋和木屋里的我们以及那段淋漓的时光尽数掩埋。世间事，无论暖凉，皆成曾经。

　　而记忆里深深伤怀的一次独酌，是在一家破旧的小酒馆里。我好像一直对这样的小酒馆情有独钟：八仙桌、长条凳，一切显得质朴方正。屋内灯光白亮，屋外是渐次包围的夜色。我记得从我坐着的位置望出去是一株紫薇花树的影子，在明亮的光影里，我、和我对峙的酒杯，以及那株花树的影子是相同的，黑色，且僵硬。很多年，这样的黑色成为一种定格，在某个灯火明亮的夜晚会自动扣动我体内的开关，使我如一颗子弹般穿膛而出，又骤停于半空。还记得那家小酒馆的名字叫吴记。我更喜欢把它读作"无忌"。形形色色的人从酒馆进进出出，在我的眼里他们走路的姿态倾斜而扭曲，有几个走几步便回过头来龇开黑白相间的牙齿，他们或许是因为看到我，或许不是。我边喝着酒，边想着这世界上布满了怪异的人，包括我。因为在我面前的桌上有四碟小菜、三瓶"乌毡帽"，以及对面另一副干净的碗筷和酒杯。我现在对自己用"伤怀"这个词深表不堪，很多事在经历时，我们往往深陷其中，无法自拔，待回头再望，不过一场云淡风轻。而彼时，在那样一个小酒馆里，我与酒一起，完成了一场"等待"。究竟等待什么？当这场等待完全成为过去，当那个时刻完全流逝成为跟任何流逝的时刻无分别之后，我终于明白，我等待的只不过是一场流逝。

从伤怀里走出，就想到狂妄的瞬间。也有那样的时刻，与酒一起，在西城楼阁，最高的城墙之上，一瓶洋酒在手，万家灯火匍匐脚下，是不能饮、不可饮，也要拼却的一醉。我想那一刻，酒听到了"拼却"这个词，它定是在黑暗里"哧哧"笑出了声。喝干后的空瓶攥在手里，冰凉的触感，就像城墙上灰黑色的砖块。我曾一度想把手中的瓶子敲碎在那些城墙的青砖之上，听它们碎裂的声响，然后举着带刺的瓶颈大笑着指向那些遥远的灯火。最终，瓶子从我手中脱离出去，向着山的那一边跌落。后来我跟随它跌落的方向，去了柳如是的墓地。我独自坐在柳如是的墓碑上，我的脚悬空着，周围是深深的蓝色和彻骨的冷风。记得那天我穿了件火红的小袄，在口袋里，我摸到了爬城墙时掉下的一个鞋跟，我把它拿在手里，我知道不能再这么高高低低地走路了，我要向着没有尽头的地方去。我吹起了口哨，在柳如是的墓碑上，那声音如脆裂的锦帛，划破了夜的寂静。酒蓦然一声长叹，正是那声悠长的叹息将这样一份"拼却"永远埋葬在一个深蓝色的夜晚，它按捺住了所有的荒凉和孤独。

走出来吧，酒适时地打断我。想想冬天的米酒，想想鲜有的几次与父亲对酌，因为稀少所以记得真切。一般这样的对酌都在除夕，也是这样极少的时刻，父亲的脸色会变得柔和，酒过半旬后话语便渐渐多起来，涉及的大都是父亲的父亲母亲，一些陈年旧事里的恩怨，说到一半时又大都会停住，然后沉在自己的往事里，仰头喝上一杯。我往往默不作声，只是拿起酒壶给他满上。他眼角的酸涩通常会转移到我的眼角，而这些细微的瞬间都飘浮着成为下一个除夕我们对酌时倾倒而出的酒水。想起早些时候读过林清玄先生的一篇散文《温一壶月光下酒》，文中这样写道："有时候抽象的事物也可以让我们感知，有时候实体的事物也能转眼化为无形，岁月当是明证，我们活的时候真正感觉到自己是存在的，岁月的脚步一走过，转眼便如云烟无形。但是，这些消逝于无形的往事，却可以拿来下酒，酒后便会浮现出来。"

正是这样的吧，而这些浮现是需要沉淀的。年少轻狂时，酒也便是轻狂的。我们在混乱里挥霍过青春，最终与酒握手言和。此刻，桌上淡酒一杯，书房寂寂，唯记忆犹如月光，铺满小小陋室。

烟雨白兰花

江南的六月多雨，早起，去兴福寺进香，许一些尘世的俗愿。心里，也是奔着寺门口那些白兰花去的。

烟雨里，白兰花、茉莉花、栀子花都相继开了，这是夏天里最爱的三种花，白色，有着可人的香气。

寺庙门口很多卖白兰花的阿婆，挎个竹篮子，篮子里铺上青蓝色的棉布，白兰花通常是一对一对用铅丝穿起来，底下附上一片绿色的白兰花树叶子，铅丝在顶部绕上一圈，做个环扣，方便挂在姑娘们的裙衫扣子上。白色花朵一溜弯排放在青蓝色的布面上，映衬得煞是好看，也成为江南夏天的一个绳结。撑着油纸伞的姑娘，裙裾飞扬，擦身而过的刹那，有盈盈的香气环绕，这应该就是烟雨里一段佳话的开篇吧。

　　居住在这个小城里，一直觉着是温润而又有气韵的。小小的城市，十里青山一半斜跨进城市的腹部，山并不高，但有香火鼎盛的兴福寺，因着一首唐代常建的名诗《题破山寺后禅院》而成为江南四大名刹之一。寺外林木森郁，破龙涧自寺前迂曲而过，所以我更喜欢它的另一个名字"破山寺"，苍凉浑厚之气隔着岁月流觞呼之欲出。破山寺内有空心潭，在潭边泡上一壶清茶，树荫里落座，也是能滤去相当的膻腥之气。

　　说是去进香，实则全无章法，"怀有一颗赤诚之心，即可"，我常常这样告慰自己。一圈礼毕后出寺门，便去望岳楼老面馆来上一碗蕈油面。蕈是一种菌类。过去虞山百姓从清晨的山麓中采下带着露水的鲜蕈并以此为食，还将多余的送至兴福寺。寺院住持常常将其熬成浓汤浇面进食，寺所僧人、过往香客无不留恋此番风味，久而久之便在虞山脚下传播开来。等面的当口，卖白兰花的阿婆就过来招呼了："姑娘，落雨湿答答，最后两对十元拿去，让我早点回转吧，你看呢，我都八十二岁了。"阿婆头发花白，身材瘦弱，说话轻而慢。我看了眼并不中意的布满斑点的四朵小花和被雨水淋得发亮的石阶，手却很实诚地从她手里接过它们。扫码毕，端面的阿姨对着我摇摇头："你也信，一会儿又拿出来卖了，黑心肠。"我笑笑："算了，老人家嘛。"吃面的当口，从另一个阿婆的竹篮子里挑了两对品相好的，付了五元。别在胸前的扣子上，才觉着江南的夏天实实在在地盛开了。

　　前几日，有朋友说自家院子里种了黄色品种的花树，比白色的香气更为馥郁。我倒是没见过黄色的，也未真正看上一眼大棵的白兰花树。这样一棵开花的树，美得只适合存在于想象中。

与猫的对话

这几日常有猫光顾家中。晚间吃饭的时候，不知从何处来的小猫会出现在楼下窗台上。母亲说，猫是九个尼姑死后投胎转世而生，极爱干净。来的这猫长得眉目清秀，许是因为瘦弱，看上去越发可人，眼睛探寻着望向窗内，如同叹气般"喵"上一声，便惶惶地望着正围坐吃饭的我们。

我向来不喜欢猫、狗和一切家里可以收留的宠物，人们何以会把怀抱着猫狗或者给它们套上绳索牵着它们四处闲逛作为乐趣呢？任何动物，都不会喜欢脖子上套着绳索这东西，人也不例外。动物有动物的灵性，人有人的习性。或许一个人和一只猫的相处较一个人和另一个人的相处安全得多，于是，人们就喜欢怀抱着相对弱小的一方来获得片刻的安全和满足。猫呢，它的安全和满足在哪里？

于是，望向窗台上那只猫的时候，我想：它在想什么呢？当它望着我的时候，它知道我在想什么吗？猫似乎也在研究我，它蓝莹莹的眼睛惶恐又极力想表示点什么。是的，亲近！它想亲近我，我这么感觉。

"走开！"我突然拍了下桌子，冲着它大声喊了一句。猫惊了一下，瞬间没了踪影。

我们继续低头吃饭，我可恨的思绪，竟然飘向了猫那里。它吓着了？吓着了的它，逃跑了，跑哪里去了？窗台上却又是"喵"的一声，我抬头，黄色的影子试探着在窗沿口，它的头又出现在窗框中间，我又看到了它的眼睛，蓝色，泛着微亮的光。它迟迟疑疑地继续"喵"了一声。

这似乎是只聪明的猫，它定定地看着我，用它细弱的声音和求助的眼神稳稳地看我。这似乎也是只精明的猫，这只猫看着我黑色的眼睛，心里想着：这个女人似乎要被我打动了！

我想着这只猫的心思，恼恨于它的精明，走到窗台边做了个赶的姿势，猫迟疑了下，似乎不敢相信自己的判断，又在两秒间将屁股扭过来对着我，跳下窗台，跑了。

我站在窗台边上能看到它跳下去，并没有跑远，它在拐弯的墙脚边停了下来，又迅速转过来看我。我生气地瞪了它一眼，这次我比它更快地消失在窗口。

我复又坐下，撩菜吃饭。我的心思，已经全然不在吃饭上。我撩了块鱼，剔除鱼骨。鱼骨刚好可以喂猫，我把鱼骨放在小碟子里，心中开始想这猫再来的话，就把这鱼骨留给它吧。我开始望向窗口，猫不再出现。我不停地搛鱼，不停地剔出鱼骨，一会儿就集了一小碟子。猫还是没有出现。我有些莫名地恼火，我站起身来，端上碟子，准备走向窗口。猫，突然出现了。

它还是试探着、犹豫着在窗口向里张望，看到我站立的样子，它温婉地"喵"了一声，声音极具讨好之意。我是这样想的，猫却有猫的心思：再坚持一点点，这个女人就真的被我打动了！猫的出现，猫的淡蓝色的眼睛和极力要表现的弱小，以及它进入我思绪的一点一滴，令我懊恼。

我改主意了。我收回了我挪向窗口的步子，稳稳当当地坐下，将整碟的鱼骨倒进垃圾桶。我不再看它，我往嘴里扒饭。猫又"喵"了一声，又"喵"了一声。父亲吼了一句："再吵，再吵把你揪住扔出去！"

我惊了一下，猫也惊了一下。它似乎听懂了，瞬间又从窗口消失干净。

父亲的声音是强悍的，在他的声音里，我也是强悍的，在我们的强悍下，我为它的弱小而心中惶惶。

这时间我刚好吃了半碗饭，余了半碗，我已经完全没有心思吃饭了。我倒了点鱼汤在剩饭里面，端着碗从厨房绕过吧台，走出门外。黄昏时分，各家都是晚餐的时间，每一个窗口都是温暖的窗口，收留白天四处流浪的人。流浪的猫呢？猫的家在哪里？

我转过石台，就望见它蹲在窗台下的木柴堆上，并未走远。是无处可去吧。我拿筷子敲了下碗，猫惊觉地看到了我。

它仿佛并不怕我，它仿佛知道它迟早会征服我。它轻细地叫一声，往着我的方向而来。能看到它微亮的眼睛，又讨好地看我。我放下了自己，蹲下身，学着它轻轻"喵"了一声。

猫靠近了我，靠近了它的晚餐。

这之后，我以为这只猫会天天准时而来，然而我再没遇见过它。它可能趴在了另一家的窗台上，或者转世投胎又当尼姑去了，不得而知。

栀子花开

在花朵里，一直偏爱白色的花。春夏交替之际，栀子花就开了。栀子最好闻的气味应是在雨中，花香本身过于浓郁，但雨水稀释过它的浓郁之后，香气的本意才流露出来，是深远的，独属于外婆家院子的味道。

小时候最爱去外婆家，因为离长江很近。跑个一溜烟的工夫，就能站在堤岸上看翻滚的东逝之水，风浪大时，更会有"惊涛拍岸，卷起千堆雪"的情境。印象里最深的是在堤岸的拐角处，有一根高高耸立的不锈钢杆子，杆子的顶端挂着一个球状的巢穴。每每风裹挟着浪冲起四散的水雾时，江上的归鸟也掠过风浪往这处圆形的巢穴而来。我会呆呆地看着鸟群在水雾中穿行，站上一会儿再回去。

从江边回去，要过一个长长的四十五度斜坡，所以每次飞奔着回的时候，就像一只从江堤上俯冲进巢穴的水鸟，有着无名的快感。如果时间掐得刚刚好，还能在外婆将麦粉撒进饭锅的当口踏进院子。麦粉是麦子磨成的粉，并不很细，带着一种微褐色的颗粒。煮饭的时候撒一些覆盖在米饭的最上层，那香味就像春日阳光洒照在谷子上的味道。院子里栀子花香加上窗口飘出的饭香，是一种能让阴雨天都变得松软舒适的香气。盛上满满一碗米饭，将麦粉和白米饭搅和均匀，一勺下嘴，两颊生香，这也是我爱去外婆家的原因之一。母亲说，那是旧时米饭不够吃才撒的玩意，就你稀罕。

　　晚饭后，在院场上溜达一圈，外婆在灶间洗刷碗筷。舅舅会在院场的泥土地上给我画好"跳房子"游戏的格子。他自己则不知从哪里搜罗来各种花色的烟盒纸，折成甩起来能"嘭嘭"作响的"纸包子"，在我面前威风无比地比画着。

　　外婆家是五开间的平房，再加两边的院堂。东边的院堂平常不让我进去，说是太奶奶曾住过的屋子。外婆的房间在西北角上，有个很小的木窗户。晚上，风一刮，木窗子就发出"咯吱咯吱"的声响。我吵着说："怕。"外婆就会给我和舅舅讲故事。我和外婆睡一头，舅舅就蜷缩在床尾，通常听着听着就睡着了。外婆有讲不完的故事，从乡间趣事到鬼故事，每一晚都不会重样。那会儿窗外的栀子花一定也在偷听吧。

　　那时候，我有些怕我的外公。他在政府机关做事，有着一官半职，行为处事端方雅正，不苟言笑，也不允许外婆太过宠溺我们。所以，每次外婆都是偷偷地从她的围裙底下掏出糖果，塞进我的小衣兜，塞完就会说："去吧，出去玩吧，吃完了再回来。"因为工作的关系，外公常常很晚回家，这幢老屋就成了我、外婆、舅舅的领地。

这些美好的日子一直持续到一九九一年，外公突发脑出血离世，外婆疯了。大人们一直将外婆的病情隐瞒得很好，事实上，外婆在母亲还未满百日时，就已经精神不正常了。外公在世时，会定时给外婆吃药，外公一走，外婆便拒绝了所有人递给她的药。

我一直想不明白，温良如斯的外婆，如何会生得这样的病？直至母亲告诉我，我仍然无法将一段父辈的恩怨与外婆精神失常的原因联系起来。

有次外婆的父亲出工回来，怎么都找不到自己的镰刀，就指着同村的王某说定然是被他偷了去。本来是可以弄清楚的事，没承想王某受不得这冤屈，晚上，便在外婆娘家的大门口用竹子搭了个三脚架，生生吊死了。这里面许是有些其他的因果缘由，但终是一把镰刀扛下了所有的罪责。外婆的父亲第二天在草丛里发现了自己丢失的镰刀，怀抱着它愣了足足三个时辰。

当十九岁的外婆抱着未满百日的我的母亲回娘家时，前脚刚踏进大门，就疯狂地尖叫着，说是被门后的人影抱住动弹不得。从娘家回门后，外婆就精神失常了，只可怜我母亲，再没吃上一口奶，好几次差一点被外婆扔进井里。打那以后，外公一直悉心照料着外婆，他会按时给她吃药，陪她散心，从来不会对她发脾气。而外婆只会吃外公递过去的药，若换了旁人，便坚决抵抗。在药物的控制下，我一次都没见过她发病的样子。那些年，我正在外求学，直至外公去世，母亲才告诉我，家里所有值钱的玉器宝贝，都被外婆扔了。外公家祖上是外科郎中，常年在渔船上给渔民们看病，一代一代传下来，有很多手写的医书，也都给外婆一把火烧掉了。

但栀子花一直保留在院子里，从未被外婆拔掉过。直至二〇〇一年开发区第一批动迁，那些充盈着儿时香气的白色花朵，才跟随着外婆家的老屋的流失而消隐。

外公去世后的那些年，外婆的神志越来越不清楚。搬去镇上后，大街上总能看到她的身影，头上扎着红色的头绳，涂了鲜艳的唇膏，走路蹦蹦跳跳，嘴里哼着山歌。她好像把外公离世后的悲伤都抛弃了，留下的只有喜悦。也许只有这份喜悦支撑着她存活于这个尘世。有几次，我在街上遇到她，兜里揣了满满一兜的糖果，示好地想分给那些围着她打转的孩子们，但大人们呵斥着孩子们离她远远的，说她有疯病，会打人。事实上，她从未伤害过别人，除了喜欢在雪白的墙壁上到处写字和涂抹。也正因为这些随意性的破坏举动，舅舅和母亲抵不住各种投诉，和我一起把外婆送到了精神病院。我在医院陪伴了她整整六天，在那个被铁门重重隔绝的形形色色的精神病患者中，我一度觉得自己才是并不正常的存在。

外婆去世的那一年，我去她住的小屋看她，她蜷缩在床的一角，瘦弱的身体如同一个十几岁的孩童，但她能准确喊出我的乳名。我扶她起身，帮她穿上蓝色印花的夹袄，在屋外的桑树下，我把头靠在外婆的肩上，拍下了她生前我们唯一的一张合影。我闻到外婆身上依然有着一股被阳光晒过后的粗布的味道，像刚掀开锅盖时麦粉的香气，像被雨水冲洗过后的栀子花的香气。我只是后悔，没有在她居住的小屋外，种上一株白色的栀子花，让那些充满香气的花朵，在下着雨的夜晚，替我听她讲讲那些还没有讲完的故事。

这样一种行走

　　春天的早晨依然还是寒冷，雨并不因为出行的人而稍微收敛一些，仿佛愈发尽职了。选个靠窗的位子坐下，车厢里渐次热闹起来，三五成群结伴而来的女人们令寒意与雨声瞬间消隐，她们衣着鲜亮，在车厢里晃动，笑语缤纷。这该是个令人愉悦的早晨，不是吗？一群正要出发的人们，和一段将要开始的旅程。

　　我右侧的位子是空的，我把旅行包搁在腿上，为了便于某个将要在我身边停留的人坐下。为这个简单细小的未知，我心底竟然生出小小的忐忑。一车子的女人们有大半是同事，有少数是领导的家属。我趣味性地估算了一下，在这些人中间，该会是哪一个将要停留下来呢？结局与我设想的大致相符，我身旁的位子到最后仍然是空着的，尽管其间有一个人停了下来，将 PP 亲近了一下与我临近的位子，不超过一分钟，她就被车厢后面的嬉笑声勾引去了。我将腿上的包心安理得地搁在身旁的位子上，将目光调向了窗外，并对自己轻轻说了一句：睡一觉，你就到另一个地方了。

每一次行走之前，我总是这样对自己说。

车子启动，也正是冥想启动的时候，将头侧靠在椅背上，进入一种最安然放松又封闭的状态，我自然而然地想到了她（他）们，想到了那样一个拂袖而去的晚上。她第一次说"不"的时候，我心里其实是柔软的，我甚至用有些伤感的目光轻望了她一眼。那天晚上，总有种莫名的疼痛敲击着我的眼眶，好几次，我险些控制不住自己，我想说的话一直在我嗓子里哽着。她第二次说"不"的时候略带着撒娇的意味，就像一个小孩子对着大人说：不嘛！我心底有不易察觉的触动，这是她的需要，这是她难得的撒娇机会，这种触动导致我骤然起身。抽身的时候确有拂袖而去的意味吧，后来我想，这就是我制造的又一个假象。多少年来我一直将自己摆于强势的位置，这种强势在我外围就像一层厚厚的壳，日积月累，愈见厚重，同时也成为旁人眼里的一种习惯。只是转身的时候，不知道有多少荒凉淡漠围拢上来。都各自保重吧，各自是将我与你们分离开来，保重是你们在我心中的分量。后来，你们说，我是个极度自私的人。

车窗上的雨水像是赶赴一场盛宴，它们的哗然将冥想中的我拉回来。车载电影里正在播放的是《画皮》，小唯在镜头前将蒙着的皮扯下来，露出狰狞的面目，有人说这个版本的画皮，是用来教育小三们的，爱情不能仔细推敲，一推敲就千疮百孔。这部影片里，最令人反胃的是王生，明明暗生欢喜，与佩蓉缠绵相对浮上来的总是小唯的音容笑貌，却引而不发，辗转腾挪、空作齐人之想。当佩蓉幻化成妖被众人追杀，他含泪呵斥："她首先是我妻子，然后才是妖！"众人感叹王生对妻子的深爱，在我看来他实则是一个本末倒置的男人，连最根本的信任妻子不是妖都没有，径自选择一同以死赎罪，真是蠢到家了。他的所为也根本不是爱。还不如小唯直接坦荡，对着佩蓉来上一句："那你来做妖，我来做王夫人！"

有人说，每个人心里都住着一个魔，总在不经意间怀着一点期待，想把自己推向狂野、不受约束的自我，并以一种飞蛾的姿态扑向不计结果的疯狂。可是最终，不被人世认可的孽缘，谁也无力承担。那么，用理性的爱情观取得认同，最终回归道德的完美；一切扶到正轨，各得其所。这样被世人认可了又如何呢？

只有不欺骗自己的心，才不会被眼前的事物所蒙蔽。

后来，在车上我不知不觉地睡去。睡梦里听到南屏晚钟，夜气方清，万籁俱寂，钟声乍起，响入云霄。醒来的时候，暮霭正在树梢顶渐隐成如烟的绸缎，浅的红褐色的绸渐次上升，转为黛青色，已有几颗星落在稍远一些的天空上，散漫而幽静。

我知道，该换一种叙述方式了，行走的时候应该试图想象，并不是独自一人，而是有一个人在身旁。这个人该是个什么样子并不重要，他或她不需要任何语言、行为、表情，只需要倾听。

世界上所有的夜晚

　　去浙江嘉善的途中，靠在车窗旁的一堆暖阳里昏昏欲睡。同座在耳边絮叨着，单位某美女不久前又得了升职的机会，谈话的背后有隐隐的感叹和不明所以的怅然。为了应付，我必须将我昏睡中的几分精神提振起来，做一些"嗯、哦"的体面回应。

　　车子行进的速度不是很快。窗外阳光普照万物，毫不偏袒与吝啬。它们张开双臂拥抱绿树荒草，拥抱成群的高楼或低矮的平房，拥抱车窗内略显低迷的我和情绪亢奋的她。万物在阳光的映射下，幻化出各自的光影，与普照不同，它们变幻各异。绿草似乎更绿了，荒草固执而又空寂，高楼与平房的影子在地面上更替互换着位置。

　　"有什么好感叹的呢？"我突兀地对着她说了一句。

谈话戛然而止。

此行的目的地，是古镇西塘。在那里，有一场培训活动。

去的时候，包里放了两本书，一本散文集和一本小说集。散文集是项丽敏的《金色湖滩》，在正襟危坐接受传教授业的时间里，我捧着它在底下看得热泪盈眶，我只能用"热泪盈眶"来形容。在她平静安然的笔调下似乎有个钩子，钩住了我心底的线头，微微一扯，心底的泥土便松动一下。在偷偷擦去眼角小水珠子的时候，我又不免为自己的热泪盈眶生出一点点懊恼来。小说集是迟子健的，出门的时候随手在书架上抽了一本。多年前，随着她的《芳草在沼泽中》进入"回龙观"，在那个墙上悬挂着蒜辫子和各式农具的酒馆里，感受到了一种敞开了心灵的闹哄，以及家常的底层气息带给人的月下漫步式的逍遥感。如今，我又带着她的《世界上所有的夜晚》启程，一切仿佛蕴含着某种玄机。

到达的时刻，已近傍晚。

晚饭安排在古镇上的"钱塘人家"，据说是镇上极富口碑的一家饭店。店在长街的末端，店门很不显眼，站在它面前了，你还在四下寻找，直至看得檐角垂挂的酒旗子迎风招展，才想起来仰头一望，"钱塘人家"四个古朴的字就在你的头顶上方横亘着。乍一看不像是饭店，倒像是一户寻常人家，推门而入，却是豁然开朗。店堂呈半圆形，古色的雕花木窗下，摆放着长方形的灰黑色木桌子，和同样灰黑色宽宽的木制长凳，这种长凳有些年头未见了。小时乡下吃饭趴的桌子和骑着的矮凳子大致就是这种样子。刚靠窗坐下，穿戴着蓝花印染布的女子便提着青瓷壶巧笑嫣然地走过来，随带着的，还有窄底宽口的青瓷小碗。原道是来上茶的，却见后头紧跟着几个小女子鱼贯捧上青瓷坛子，黄泥封口，这哪是茶，分明是酒。把行囊卸下，像搁下腰间悬挎的长剑，窗外白色的旗幡上黑色的大大的酒字，令西落的日头微残的红也逼仄了下去。在那样一个瞬间，念及知己二三，想随口呼唤了，就能引到跟前，温一壶暖酒，临窗而饮，天马行空。

随行的人是什么时间从我身边一一消失的，我未曾发觉。他们和她们仿佛温过的酒壶里一缕热气，还没来得及在青瓷碗里出现，便不知所终了。我独自一人，在白色的酒旗下，黑色的木桌前坐下，要了一碟子花生米、一碟子香豆干，对着窗户外还没黑透的夜空，独饮起来。恰恰就在此时，你出现了，长发披肩，孑然消瘦。你安静地在我面前坐下，并不很大却极富亲和力的眼睛望着我，问道：

"你从哪里来？要到哪里去呢？"

"我不知道从哪里来，又要到哪里去。若是在这样的夜里走失了，我便不再回去。"

"真的吗？"你笑了。你的笑，就像一阵秋雨之后树叶上残留的水滴悬空掉进河里的姿态。

"要是这样，别再独饮了，跟我来！"你伸出手将我拉起，你的手指纤细修长，肌肤却像冬夜一样冰凉。

有什么理由不跟着你去呢。我们一前一后，出了钱塘人家。西塘是一条长长的古街，水乡大抵都是这样，黑瓦白墙小桥流水、乌篷船和桨声，一搅和就是一个江南。夜还没有完全来临，你顾自向前走着，我便在后跟着，这情形让我们看起来像两只蚂蚁，细小、迟缓而又漫不经心。脚踩在青石板上，只有一个回声：静。在这样一段行走的过程中，我控制不住地想了很多。这些你并不知道，如同我不知道你安静的背后隐藏着什么。

你终于停了下来，停在一座小桥堍下，我这才发现，你手里原来提着一个竹兜子。你从里面取出三个纸质的莲花台，在每个纸莲花里，放进一支短小的蜡烛。你仔细地把它们点燃了，轻轻放进河水里，烛火在风里明明灭灭，你轻拍着水面，把它们推赶出去。这时候，你转头冲我一笑："看见了没，这是你的童年、你的青春、你的暮年，它们很快就随着流水漂走了。"我注视你的刹那，才看到你满头的黑发瞬间银白，你孑然消瘦的身影正逐渐隐去，夜在不知不觉中已经完全降临。

我在岸旁的石墩上坐下，在完全降临的夜色里，白日里的人们都缩回了各自的壳中，只有我们看不见的精灵四处游走，这真是个美妙的时刻。我闭起了眼睛。

睁开眼睛的时候，我发现自己在一间人声鼎沸的包厢里。

事实上，整个夜晚，我是在一间人声鼎沸的包厢里度过的，所有的一切只是我对我想要得到的一种夜晚的臆想。这期间，整个包厢气氛浓郁而热烈，这是在钱塘人家集体聚餐后的一次热烈演出，地点在嘉善市中心。一切安排得完美妥帖，在长达五个小时的歌声里，一声没喊的我，嗓子居然哑了，并且疼痛得难受。零点，所有的激情在杜德伟的《脱掉》

里表现得淋漓尽致：外套脱掉脱掉外套脱掉，上衣脱掉脱掉上衣脱掉，面具脱掉脱掉面具脱掉，通通脱掉脱掉，脱！脱！脱！

零点，城市还在灯红酒绿之中。古镇沉在它的黑夜里。站在街头，我情不自禁地跟随着迟子健喊了句：天又黑了，这世界上所有的夜晚啊⋯⋯

梦里水乡

休息日原准备去上海，早晨朋友们又改了主意，车改道去周庄。

其实，上海的喧闹并不适合散心。周庄——梦里水乡，定然是个好去处。

车速120，他们在车里交流着昨晚的麻将风云，很兴奋也很热烈。我与生俱来地对麻将有着排斥感，不知道为什么，总是难以接受女子纤纤的玉指在乱七八糟的麻将牌上扒拉时的场景。想起工会主席那天在办公室神侃时的一句：现在不会麻将的同志都是傻瓜。我笑了一下，我也是这群傻瓜之中的一个。

天气还不错，太阳在车窗上打了一个白色的微微刺目的圆晕。

九点十五分，车至周庄。

这个位于苏州东南的古镇，犹如一颗璀璨明珠镶嵌在上海淀山湖畔。已有九百余年的历史，北宋元祐元年周迪功郎舍宅为寺始称周庄，元代中期，沈万三利用周庄镇北白蚬江水运之便，通番贸易，使周庄遽为江南重镇。

双休日，游人众多，车流与人海多少给风景打了点折扣。

古镇四面环水，河道呈井字形，民居依河筑屋，依水成街。走在青石小街之上，岸柳成行，柔风扑面，心情倍感轻松。时而有摇船的船娘吴语呢喃的轻歌入耳，如临仙境。

河道上横跨十四座建于元、明、清代的古桥梁，其中以国内仅存的桥楼富安桥和闻名中外的双桥为最。阳光将河水化作碎银打在拱形的桥底石壁之上，让人目眩神迷。

站在桥的中央，江南水乡曲折回旋的小桥流水人家尽收眼底。其中"沈厅"和"张厅"是周庄独具特色的府宅代表。

走进张厅，有"轿从前门进，船自家中过"的悠然奇景。张厅的后花园，女眷们可斜倚石栏，悠然静观流水穿宅而过。那些古代的女眷们，想必也有着流水一样的情思吧。那个石栏据说叫作"美人靠"。

若说张厅有着细致柔婉的风韵，那么沈厅多少有了些九曲回廊的气势。此乃江南首富沈万三后人所建，七进五门楼，让人叹为观止。其间以走马楼为一绝。从墙门到小堂楼前后六进，周长二百米，大小房屋四十五间，占沈厅整个建筑面积的三分之一。整体结构呈"回"字形，组合和谐，空间多变，厅堂楼阁，廊庑和备弄，连贯有序，曲折绵延。

从沈家老爷夫人那张耗时三年、花了千余两白银制成的千工床上不难看出沈府在当年的显赫地位。这张床的豪华与气派与旁边渐趋陈旧的木楼多少有些不能对应，但那些雕刻细致烦琐的图案仍在努力试图说明一些什么。

沈文渊之女的闺房则婉约秀雅。此女文采斐然，当时为拒婚约，终日与乳娘在绣房揣摩刺绣之艺，终得了个"刺绣流芳"的美名。闺房床底那双翠绿色绣花鞋让我对沈小姐的芳容产生联想，想来定是个"宝髻松松挽就，铅华淡淡妆成"的奇女子，耳畔甚至有环珮叮当声盈盈传来……

在回廊里，有个移窗，从移窗向下可看到沈府大厅的全貌。此窗的用处，是为了沈家小姐相亲之用，这个窗口曾装载着沈小姐多少的期盼与希冀啊。而此刻，我们所能看到的，只是琴房那张灰尘遍布、无人抚唱的瑶琴。

带着淡然的怅意，出了沈厅。我们登上木船，在古镇清澈的河水之上游荡观赏。船娘是个四五十岁微胖的女人，因没有索要到小费而不情愿地撅着厚厚的嘴唇。看着船侧贴的禁止向游客索要小费的标签，感觉周庄的旅游服务水准有待进一步提高。幸好两岸的风光足以抵消她不合时宜的表情。

我们在船至半途的时候下了，许是不想再看船娘的脸色。后来我庆幸我们的决定，因为我因此而路过了闻名已久的"三毛茶楼"。茶楼很小，墙壁上悬挂着有关三毛的简介以及相关的照片。有个大胡子和茶楼主人的留影吸引了我的视线，看完介绍，才知此人乃三毛之夫荷西的朋友。我在木制楼梯口和画像中的三毛对视，她披散的长发下那双看破红尘的大眼睛让我怀疑这是否就是那个曾经带着我的思维去大漠流浪的女子。她现在在哪里？我们没有去喝茶。

不经意间，感觉肚子有些饿了。在街旁的小楼里点了几个菜，木制的窗户外可以看到一溜的红灯笼和圆形的石拱桥，游人们在上面作回眸状。有个近六十岁的老女人走进我们的雅座，要我们点上一曲民歌。她头上扎一朵漂亮的绸布红花，鲜艳的红色使她不得不在皱纹遍布的脸上涂了点淡淡的胭脂，可以看出这曾经是个风光一时的女人。她要我们在她拿着的一个小本子上点一首曲子。朋友说：来个《双推磨》吧。于是，她从腰间系着的一个圆形小花兜里，掏出一块小木板和一个小木棍子，边打节拍边充满情趣而又表情丰富地唱了起来。说实话，我压根没听明白她唱的是什么词，我只是想，如此的年岁还流落在茶馆酒楼卖唱，让人多少有些辛酸。但她好像很热衷于此行，欣欣然从我们手里接过那首歌所换来的五元钱，笑着离去。

我们从饭馆出来的时候又遇上她，所不同的是，这回，她和另一帮差不多年岁的女人成群地在一座桥塄下整队演出，并向游人索要着零星的小钱。旅游真是个值得开发的好项目，这个镇的每个居民都在利用着它所带来的商机。

按途标，我们到了怪楼。

售票处的一个女孩子介绍说：此楼可以让你仿佛回到五百年前的周庄。

我们持着将信将疑的态度，在"吱吱呀呀"的木楼梯上前行，居然有些恍惚。

　　小楼内的布置灰暗又单调，有一些奇形怪状的木制器具，询问才知其中一个是用来榨甘蔗汁的。有个男的示意我们进去。那是个很小的房间。四五张木桌子，桌子与桌子中间有圆形的垂挂的白纱，白纱里放置着一个绣品，没能分辨出绣的是什么，好像是孩童的小袄。每张木桌上都放着耳机，服务生示意我们戴上，说：你们马上可以体验重回五百年前的真实感觉。

　　我们在那张木桌的长椅上坐下，戴上红色的耳机。桌子中央的那盏煤油灯像被一阵风"刷——"地吹灭了。四周一团漆黑，我狠命地张大眼睛，除了黑，还是黑。身后那扇木门"吱呀"一声关了。心跳开始加速，有脚步声从身后传来，带着托盘里杯子的"哐当"声，木桌子震了一下。有人在我们桌上放下茶，我感觉那是个男人，他的手臂应该就在我的手臂旁边。我突然想一把抓住他，心里边想着能够拆穿他的鬼把戏，边听到茶水流淌进杯子的声音。可我的手臂沉重得抬不起来。我还没打定主意，脚步声已然远去……

　　突然，电闪雷鸣，一道白光乍现，我看到三双圆睁的眼睛，随即恢复无尽的黑暗。木房子开始震动，脚上、头顶有碎裂的声音，凳子很不安稳，耳机里有个声音沙哑地重复：我来了。我把眼睛狠命地闭上，有虫子爬上后背，蠕动。那个男人的脚步急速地在房间里游走，我肌肉紧张，不知道他会不会突然把手搭在我的右肩上。四周突然很静，什么都静止下来，我说结束了吗？没有声音，无尽的黑。一个小鬼的笑声蓦地冲进左耳，尖利而又诡异，我想到那个白纱里的绣品，我想它此刻一定是腾空飘浮着的。桌子中央的煤油灯突然亮了，我把一口气缓缓地从胸腔里运送到唇边，还没来得及吐出来的时候，灯又灭了。桌子开始剧烈晃动，凳子更想要把我们从它身上甩脱，小孩子的笑声、一个女人的叹息声充盈在耳畔，然后，我听到开门的声音，接着所有都渐渐远去……我们终于从五百年前回到明亮的世界。

服务生从操控室出来，我说：你刚才过来给我们倒过茶？他笑笑说：没有。所有一切都只是音响效果，而你们坐的每张桌子底下都装着振动装置。

看来古老的东西在必要时需要现代的技术辅助，才能给人更深切的感受。

走到南湖秋月园的时候已是中午，这是个新建的园子，除了走得累了便随处坐的游客，只有一抬花轿和着唢呐声在园中甩荡。两个想过把瘾的小丫头在轿子里脸色惨白，轿子荡得太过厉害，队伍前头那个男子手中甩动翠绿色的绸扇，手腕如蛇般灵动，脚步姿态婀娜。想起刚进门时那个空空如也的古戏台，真该请他们去露一手。

时光在秀美的风光中流转得很快，我们有些舍不得离开这令人陶醉的一切。

往回走的时候已是晌午时分，青石小街、小桥流水，让人不得不感叹与流连。望着层挑的檐角，心想：若到周庄能逢上微雨，那定是另一番美景吧。

烟雨江南，碧玉周庄，唐风子遗，宋水依依。溯水寻源，太师淀沉积着良渚文化，小桥流水，贞观里孕育着水乡人家……想起吴冠中撰文说："黄山集中国山川之美，周庄集中国水乡之美"，看来周庄确不负"中国第一水乡"之盛名。

再见了，碧玉周庄，再见了，梦里水乡。

走进大峡谷

看厌了钢筋水泥的丛林，听厌了喧嚣杂乱的车鸣，于是，开始渴望回归自然。当心灵被凡尘俗事挤压得透不过气来，闭上眼睛，总会想象自己此刻正站在群山怀抱之中，苍翠遍布，仰头就可看到瀑布如练，飞流直下。

而这样一处可以让神思悠然天外的去处，许是非大峡谷莫属了！

朋友说，浙西就有一个，被誉为"华东第一旅游峡谷"，地处临安，峡谷境内山高水急，山为黄山延伸的余脉，水为钱塘江水系的源流。你不妨前去看看。

去旅游公司一打听，刚好有个散客专线，五月二日早上六点半出发。

出发的时候，天是阴沉的。

带队的导游先生姓李，圆圆的脸，戴很宽大的眼镜，说一口实在不怎么样的普通话。自我介绍说大伙可以称他"李导"，并指着旁边的司机说，这是马师傅。朋友凑一句：哦，马车驴导！大伙哄笑，气氛便活跃起来。

车进湖州境内，已可见连绵的青山。山势平缓舒展，随意伸向远方。山脚皆为苍翠的竹林，风过处如浪涛般涌动。

我开始揣想，那个有着峡谷最长，植被保护最好，山水风光最佳，峡谷区内居住人口最少和距离沪杭大都市最近的华东第一峡究竟是如何的让人惊叹呢？

到临安的时候，已是十一点四十五分，有太阳在云缝中露半个脸。我们在大世界酒店安顿好行李并用餐。

李导说，从临安到大峡谷还得一个多小时的车程。

车过昌化，地势趋高，道路崎岖。我们由大巴换乘中巴前行。司机是本地人，据他介绍，大峡谷在清凉峰国家级自然保护区区域内。因地处浙江西北部而定名为"浙西"。峡谷旅游区为线形环带状，全长八十多千米，共分三个景段。目前仅开发第一景段，俗称"龙井峡"，为巨溪流经的坞谷，长约十八千米。峡内奇峰秀瀑、危石多峭，有"白马岩中出，黄牛壁上耕"之誉。

当窗外出现"龙岗镇"字样的时候，车一个急转，眼前赫然出现一片幽深雄峻的景致，有人欢呼：看，大峡谷到了！

但见两岸青山对峙，泉在谷底卵石中潺潺奔流，远处依稀可见瀑布如丝悬挂，白云悠悠在山顶漫舞。

　　车子过峡口门楼开始在山路上盘旋，路很窄，隔着车窗向下望，但见危崖深渊，感觉自己仿若悬空虚浮着在山与山之间飘移，空气中时而送来阵阵草木的清香。

　　进入大峡谷的第一个游览景区叫鸬鹚潭，潭面宽泛，以昔日放养鸬鹚而得名。水面上横跨大峡谷间第一座公路大桥，长约四十米，是当地最长的双曲线单孔大桥。有竹排穿桥孔而过，弄皱水面桥之倒影。

　　峰回路转，可见著名的吊水岩。此是峡谷的一处过景，以石景见长。相传刘伯温部队在此打仗被围困山头之时，从后山岩石上放下吊桶从溪潭里吊水解渴而得名。四周山岩环抱，昌北溪穿岩而过，满眼峭壁溪石。石景的名称亦是千奇百怪，什么"三个和尚哭水桶""牲口过溪石""半屏岩""凤凰蛋""九折涧"，等等。最奇的就数石炮楼了。石炮楼位于高山腰间的岩壁顶上，由大小山石数百块堆砌而成。这石塔建在岩壁顶上，大石块重达好几吨，古代山民有什么神奇力量或载重机械把这些石块堆砌起来呢？如果说这石炮楼不是人造，而是自然风化所致，那么石炮楼堆砌如此整齐又是怎么回事呢？看来大自然真是鬼斧神工！

　　我们在柘林坑下车，拾级而上，领略柘林瀑的奇妙风采。坑道里的柘林树长得极为茂盛，这是一种有长刺的树木，叶子可喂蚕。山谷里弥漫浓浓的野趣，未见其瀑，但闻其声，这是柘林瀑的妙处所在。柘林瀑是龙门瀑与炎生瀑的合称，四周围岩陡峭，只听得哗哗水声，犹如银河泻玉。

　　当织女抛纱般的瀑布真实呈现在眼前的时候，你须深吸一口气，然后叹哉：泉真乃山之脉也！

　　站在观瀑台，四周悬崖万仞，险峻无比，藤蔓交缠，树木葱茏。仰头，但见炎生瀑水流如练，龙门瀑款款而下，犹如门帘。瀑布出水处，窗棂一样可观看到更深处的景象，让人浮想联翩，再欲攀登。那帘后该不会住着白眉的老怪，或者衣袂飘飘的仙女吧！

　　更让人惊叹的是，炎生瀑的出瀑口，有一块"咯咚石"，此石如龙口中的龙珠，有浑圆之感、数吨之巨。一眼望去仿佛凌空镶嵌，在洪流的冲击下发出"咯咚、咯咚"的响声。当地百姓说这是石块压着龙发出的叫声；亦有人说石头浮起产生的共鸣；还有人说，这石头本身不会发出声音，而是水流冲力太大，拍打此石发出的声音。孰是孰非，只唤一声嗟叹。

　　如果说柘林瀑给人山水玲珑、婉转秀丽之气，那么剑门关的雄浑自是另一番景致了。

　　松涛、水瀑、山、石、潭在剑门关浑然相结合，涛声如万马奔腾，气势磅礴。湍急的浪花在悬崖峭壁间喷涌飞溅、咆哮喧哗，不可一世！这里，再见不到潺潺淙淙，有的只是一组梦幻狂想，让人只想对着群山呼喊。屹立在剑门潭的五座岩峰统称剑门石。剑门石高低不一，按山势顺次排列。有人戏称最高峰为太太公，次高峰为太公，依次为老子、儿子、孙子，五峰并峙，故有"五世同堂"之喻，群峰雄伟挺拔、青松点缀，壮美无穷。

　　真是：闲上山来看野水，忽于水底见青山！

剑门潭紧依剑门石，潭尾接急滩，流水哗哗傍竹林，一派好风光。放眼更可看到在急流处作冲浪的皮筏，和远处悠然漂流的竹筏。

沿着栈道上攀，往前有一悬空桥，由五根绳索架设而成，桥面铺着木板，人在木板上走，钢索上下左右晃荡。有一群戴黄帽的上海游客故意在索桥上摇晃，于是女人们的尖叫声不绝于耳。有胆小的脚跟发软，停在桥中前后不能。我不敢向下望滚滚的涧水波涛，手心后背冒汗。

在大山之间穿行，对面人影看得见，声音听得见，而两人要相遇却得花些时间。山顶处居然可见隐隐约约的檐角，白墙黑瓦，仿若仙家。什么时候也在这山里头住住，过过神仙一般的日子？！

沿山道开始往下，在嬉水滩前小坐。溪中色彩各异、大小不一的鹅卵石。石头通体有麻点，千百年来受流水冲蚀，变得圆润光滑。合抱大的卵石随处可见。坐在石头上，脱了鞋子，把脚放进溪水中感受大自然的触摸，闲情自在不觉间！

下山的时候，发现一个奇怪的现象，大峡谷内大型的鹅卵石众多，但一出峡谷，这种大块的鹅卵石就不见了。峡谷口的河滩里全是冬瓜大小的石头，顺水而下，河滩里的鹅卵石就越来越小，到昌化一带就只有梨子大小的石块。据说再往下游走，到天目溪交汇处，就只有砂砾，没有石块了；到了分水江，河道里边砂砾也没有了，只见细沙；到钱塘江出海处，就连沙也没有，只有淤泥了。

　　回返临安的时候，然觉未能尽兴。群山在暮色里淡淡隐去，神思也随着暮色隐没在峡谷深处。那群峰叠翠，那万山回旋，那游龙飞瀑，那竹排戏水，那笑语欢歌，都能并这暮色——入我梦乡吗？

碎碎念

（一）生日琐话

二〇〇七年的生日有着不同的意义，朋友说应该算我的重生年。

早上起来，天高云淡，秋的气息越来越浓。暂且把生日隐去，打扫每一个房间，洗干净白色的床单和毛巾，把它们一一晾晒。

生日本是用不着庆祝的，只是和一年中的其余日子比起来，它和自己有着更密切的联系。想一下父母当初的心情，初为人母的母亲是应该感慨的。十月怀胎的辛苦让她在望着我的时候就下定决心不再要第二个。初为人父的父亲已经二十七岁，他开始是兴奋的，兴奋过后又转为隐隐的遗憾，最好还能有个儿子。于是之后的几年里，父亲和母亲一直在"再生一个"的问题上较劲。母亲排行老大，外祖母生了母亲之后又隔了十七年生下我舅，中间还不负责任地弄了小姨出来。自打有了舅，全家人都围着他开始打转，母亲是老大，自然受了不少委屈。这是母亲始终坚持不想再生的原因，她说：我要我的女儿不再有我的感受。父亲不同意，带把儿的儿子是他的向往，他要将他的秉性传承给与他性别相同的后代，这才是他无上的荣光。爷爷的表决起了决定性的作用，还是再生一个，多少也算是个劳动力。

　　我八岁的光景，母亲终于怀上了第二个孩子。那时候的医疗条件还不能预测出我母亲肚子里怀的是儿子还是女儿。父亲和爷爷却早已断定了是个带把儿的劳动力。我已经有了清晰的记忆，看得出母亲脸上时常存在着的忧心忡忡。那一年是一九八二年，计划生育的风刚刚吹醒乡村的这片土地，村上也有了分管计划生育的女人，身材娇小，头发梳得光滑顺溜，绾了个髻贴于脑后，穿着平底布鞋，走路轻快，一天里会三四次光顾我家，话题不外乎一个：生男生女都一样，现在计划生育了，还是就生一个好。一切都正中母亲下怀。没过多久，那个女人选好了日子领着父亲和母亲出了门，至今我都无从得知母亲是如何说服父亲的。还能记得那一天，我站在万福桥头一棵老槐树下面，望着路的尽头，盼着父亲和母亲的身影出现，那个黄昏在我是如此清晰。我不知道那个女人为什么要带走我的爸妈，她要把他们带去哪里，去做什么，是不是不再回来。我惶恐不安地在暮色里的桥埂上站着，桥是拱形的，有砖砌的栏杆，好几次我试图爬上去好能看得更远一些，可桥下的流水又让我害怕。当父亲用自行车推着母亲在夕阳尽头渐渐由一个黑点慢慢扩大，在不远处慢慢清晰的时候，我开始飞快地跑向他们。那条路往桥垛上有一个坡度，我蹿到自行车后座我母亲的面前，首先想要看到她的脸，可她的脸却用一条毛巾裹着，她轻轻地用手摩挲了一下我的头说：乖。我分不清她的喜乐，使劲地用手支着书包架子往前推，父亲在前面叹了口气，说："都看到头发了，本来该是我的儿子。"

这一场计划生育让母亲如愿以偿，同时也给我的童年平添了几分孤单。没有兄弟姐妹，遇事考虑别人的感受方面便少一点，以自我为中心，这似乎是独生子女的通病。就如前几日，毫不顾忌地说了自己的一些看法，因说话的方式方法太过直接与随意，才起了个头就与朋友扯了一场风雨。措辞不当是原因之一，最重要的是忽略了对方的感受。作为朋友应该体贴心疼她的感受，并自然地融入她的心情心境中去，而不是单纯地要求或是提意见。重要的不是内容，而是实质，在她看来，实质上，我是没有做到这些，因此就不能称为朋友。

认不认可朋友，不打紧。我本无恶意，但听的对方若不是你，说的对方若不是我，结果也定然不是这个样子。不管对谁，说话的方式、思考问题的角度在我都需要改正。之前心里只想着这是她努力在做、想要做好的事。在她做事的时候指出她的不足就是在帮她快速做好这件事。虽然找了只有三人的空间，但我忽略了她的脆弱、她的彷徨、她的辛苦、她的渴望，那些才是背后的她，我更忽略了她的不认可。

心里还是自责的，给她带去困扰，背离了初衷。

丢失了另外的东西，还是心疼。

生日快乐，顺心如意。一个朋友的留言，一句隐藏的祝福。都能顺心吧，无论远的近的能带给你亲近或不亲近的那些人们。对待人生，我们都要乐观，时刻想着好的一面，会轻松一些。

生炉子下面条的间隙，写下生日琐话。午后时断时续地下起了雨，蟹皇面加两个水潽蛋就是香喷喷的生日大餐，重生的日子，这一年，分外珍惜。

(二) 妖言惑己

某日沉睡，一黑衣女子与一白衣女子来访。

黑衣女子黑巾遮面，衣袂猎猎，白衣女子浅笑嫣然，发如雪。

她们分居我左右，盘腿而坐。所言字字句句，如今想来，依然清晰可辨。

黑衣女子言：我想，冥冥之中总是有一个全盘操纵的"生灵"存在的。而我们，你、我、他、她，只不过是这个主宰手里一个牵线的木偶。任你怎么手舞足蹈，都离不开操纵的手。我们自认为特立独行地存在着，做着自己想做的事情，营营役役，或者清高淡定；实际上，我们始终都在一条既定的路线上走着，这条路线，就是命。

阅读一本书，循序渐进地引入，是投入的阅读。若先浏览了结局，就失了阅读的乐趣。一路走来，回望过程才渐次发现所有的过程都是为了结局的层层铺垫。到最后，我们才幡然醒悟，这个结局，原本只是我们的命。

有人大声疾呼：我们要改变我们的命运。改变什么命运？改变了，那也是你的命，未曾改变，那也是你的命。那不过是一条我们要走的纯属自己的道路，每一个取舍，每一个得失，都只是通往结果的过程。而我们最终的命运，最终的结局，只能是死亡。

白衣女子言：禅心有三无，一为无忧，二为无悔，三为无怨。对未来没有忧虑困扰之心，对过去没有追悔莫及之意，对于现在落于头上的一切不心存怨念。把每一个你正在走过的时刻，仅仅看作一个过程，不急于阅读结果，这才是大乐趣。而当结局来临的时刻，你是否看分明了那个主宰呢？那个主宰着我们的命运的生灵，你看清楚了吗？那个主宰就是我们自己。你去改变，或者不改变，所达到的结果，由我们一手操纵，只是我们在那样的过程里浑然不自知。走在这条纯属我们自己的道路上，无忧、无悔、无怨，尽管，我们最终的命，仍然是死亡。

（三）也说梦

取笑一个无法达成的愿望时，我们会说：做梦吧你！

一个梦想得以实现时，我们会用"美梦成真"来形容。

梦，就这样亦真亦幻地存在着。

小时候的梦光怪陆离，明媚的梦中阳光可以是蓝色的，草地可以是粉色的，雨可以是紫色的，自己可以是透明的。惊恐慌张的梦中，最多也是丢了玩伴，找不到妈妈，或者看到某个畸形的怪物凌空而降。

总是会反复地做同样一个梦，跟随着从小到大，梦里黑夜布满了无数的白点，除了这些白点什么都没有，在这样的梦里辗转，直到某一天，在相同的梦境里，突然听到一个声音冲破浓黑的底色冒出来："我要将所有的黑都偷了去。"惊醒，这梦自此便再未出现。

昨夜，梦到数年未曾谋面的人，在一个异常热闹的联欢活动中。听别人恭贺他这场活动组织得如何成功，自己便在远处看着曾经熟悉的脸，人群熙攘，几次经过，都各自将漠然呈现。在会场的出口，拖着沉重的大堆礼品盒在人群里搜索，看见远去的背影，喊了声，那人便转回身来，停了片刻，欲再转身离去时，却猛地急速奔跑过来，将我抱住。只听到对方心脏跳动的巨大声响，我哇的一声便哭了，哭得响亮，哭得彻底。

刹那感触到，自己如今的处境，数年前他也曾有过，自己如今的慌张，数年前，他也曾有过。上苍安排了我们相同的命运历程，安排了让爱远离，安排了消失。

可记忆总是有的，它突然在这个下着雨的日子随梦而至。

可这样的梦，如今也不常来。年岁越是往上，梦常常是空白的。第二日醒来，常常带着不知所措的失落。

在人间

（一）行乞者

正午时分，明亮的麦当劳大堂里充满了刚出炉的汉堡香味，这香味熏得空气越发松软。

三五成群边啃着汉堡，边用吸管滋溜吸着冷饮的人是惬意的，这惬意在他们望向玻璃门外热辣辣的阳光和阳光里那个正在地上"爬行"的人时，感觉更甚。

"爬行"的人二十岁左右，因为左下肢过于细长，只能盘曲着垫在臀部下面，而右下肢却是从臀部上方的位置斜生出去，像一根冬日里掉光了叶子的枝丫，突兀地在白晃晃的天空底下横着。

因此，能让他移动身体的，就只有他的双手。他的双手也是细长的，细得仿佛两根啃光了的麦当劳鸡翅。他用这软塌塌的右手推动一个铁皮的罐子，推一下，便将身体移动一下。罐子随着他的推动发出"咣当"的声响，听得出是硬币在里面撞击的回音。他故意把声响弄得很大，对着过往的人抬起他黑瘦的脸。可惜这城市太吵，更多的杂音盖过了这小小的铁皮罐子和零星硬币的冲撞声。

显然，他也清楚这样一种声音的对比，他是抗衡不过的。于是，在推动罐子的同时，他不停地弯曲他的上半身，如果他的头可以碰到地面的话，他会试着去叩击，可这样的动作对他来说难度太高。

他开始用他的嗓子，尖细地喊出：可怜可怜我吧……

他在火辣辣的太阳底下，与火辣的太阳一起照耀着麦当劳玻璃门外的台阶。

坐在麦当劳里面啃着鸡翅的一位中年妇女训斥着对坐的小男孩："你瞅什么瞅，长这样恶心，看了小心吃不下东西。"

一位年轻男子，看得很有趣味，并很有趣味地说："昨儿我搓麻将输了一千四，给了这小子，不定他乐成啥样子。"边说，边意味深长地将嘴角拉出一个弧度。

一对恋人也因此起了话题，男的说："这种人，满大街都是，给他钱，不是成全他不劳而获？"女的表示赞同："一点自尊都没有，长成这样不是他的错，出来吓人就是他的不对了。"男女同时大笑。

爬行的人在门外，在一双双行走的腿之间爬行着。没有为他停留的人，阳光依然火辣辣地照着。他似乎累了，在墙角的阴影里停下来，靠在一盏路灯的灯柱上，咽了下唾沫。

麦当劳的玻璃门晃动了一下，一个小女孩从屋子里跑出去，停在他的身侧。白晃晃的硬币像一滴雨水，落入他的铁罐之中，"咣当"，清脆的回音在他的身侧蔓延开来。

他终于，又将他的身影移回到阳光底下，用尖细的嗓音喊出：行行好吧……

（二）人情

难得一大早就起了床。开门的时候，意外门口竟然站着个老伯。个子很小，背稍微有些驼，头发和胡子都花白着，穿了件灰褐色的上衣，第二粒纽扣扣在第三个纽扣的位置，鞋子很破旧，脚指头在毛茸茸的洞口隐约露着。

"啥事啊？"我问。

老伯并不作答，眼睛径直往我身后瞅着，像是在寻找什么。

我有些戒备，顺手掩上房门。

"有啥事吗？"我绕过他，又问。

他还是不作答，像是没有听到我的问话。他迟疑着，在口袋里摸索着什么。我有些纳闷，退回屋里，大声喊："妈，你快过来看看这人干吗呢！"

母亲应着，从里屋出来。探头看了下，忙不迭地说："哦，是老赵啊，啥事呢一大早的？"

老赵脸上一下子有了笑意，利索地从口袋里掏出个秤砣来，"这不，帮你捡着个秤砣，给你送过来呢。"母亲有些欣喜，边找了秤杆，拿在手里，边急急地说："真找着了呀，可太好了，掉了个秤砣真麻烦，每回里都问邻居借，不好意思呢，要买还买不着。还是这旧秤用着上手。"

老赵笑眯眯地说："可不，刚好在菜市场那边捡到个，估计是城管执勤的时候，那些小贩逃跑时掉的。"老赵从我妈手里接过秤，蹲下来，很细心地把秤砣套上去，弄了些杂物，调整重量。

我拉过母亲问："这老头是谁啊？"

母亲轻轻地告诉我："是个收破烂的，都叫他老赵。整条街，就他一个人收破烂从不带秤，每回都是让人家自己过好了秤，告诉他斤两就行了。有次收了几个硬纸板去，付了四块钱，踩到另一个小镇上去卖了四块二毛钱，这么长的路也就赚了二毛钱。我还说这么辛苦干吗呢，可老赵说，一天下来也有个一二十块的，够用，活得开心就行了！唉，都六十二岁的人啦，还得供着个最小的女儿读大学。老伴又死得早，四个儿女都靠他一人拉扯大，不容易啊……"

说话的当口，老赵已经把一切弄停当了。他扯扯参差不齐的灰褐色上衣站起来，把秤和秤砣交回到我妈手里说了声："妥了！"

"多少钱啊？我给你拿去。"我妈转头嘱咐我里屋拿钱去。

老赵笑了，朗朗地说："一块五毛钱买不到一个人情哇！我也不是买来的，只是捡来的。不要啦，大妹子，我是看你这人心肠好哪。"

我笑了，我知道不是因为老赵管我妈叫大妹子，母亲也笑了。

我们看着老赵拐过屋角，消失在早晨的阳光里。

(三) 借钱这事

平生最怕的几件事，借钱算一样。

最好有钱借别人，也不要去张口问人挪钱用。这一直是我遵循的原则，朋友之间更是如此，不掺杂"钱"这个东西。还好，长这么大的几十年里，总是过得还算安稳，不需要为了经济而愁烦忧闷，也就从未张口借过一分钱。

这次，母亲好像故意刁难我，给我下了十万元的借款任务，对于在市区买房的数字来说，这只是微小的一部分。事实上，母亲给了八十万现金，余下的不用我出面借也可以了，亲戚那里挪点总是没什么问题的。但我想，母亲或许有着另外一层深意。

那么姑且试试吧。这微小的一部分，才让我细细寻思起我身旁相处的、能够开口借钱的人来。借钱？问谁借呢？哪个人你是可以对他（她）开口提借钱的？

平时前呼后拥的总是有很多的朋友，可万一有个急事，还真不知道有没有能肝胆相照帮得上忙的。我想了下我的那几个同窗死党，才发觉到了这么个年岁，都已经个个购置新家收拾停当，正奋斗在还贷中。

权衡再三，按照亲疏关系，我把身边自认为的好朋友名字挑了出来。他们和我从来没有金钱上的借贷关系，也和我的工作没有任何牵连。我们经常在一起，空闲的时候吃个饭，喝个小酒，相互之间帮一点小忙，属于纯粹意义上的朋友。而且他们的经济实力借个万把块，肯定是没很大的问题的。我给自己觉得应该可以帮得上忙的朋友每人发了一条内容差不多的短信：

最近要买房，还差点儿，江湖救急，能借多少借多少，年底归还。可行的话给我打电话，不行就发个信息，我等你答复。

发送的时候我特别挑了个晚餐的时间，信息基本回得都很快，全没超过一个小时。短信的内容大致差不多，类似：真对不起！我目前有点困难，真的，要不然你的事情肯定没话说的，你问问 YYY 吧，不好意思！或者是：对不起，最近我的股票都套牢了，手里没有现金，不好意思啊！

但也有很特别的两个，Z 很爽快地答应了，说是自己能拿得出五万，过几天打给我。我收到短信后说实话挺感动的，人二话没说答应得那个爽啊！几天后，我又给 Z 消息问什么时候能把钱打过来，Z 回得又很爽快，再过几天马上打给你。我看完短信后笑了下，之后再没问过 Z，Z 后来当然没给我打五万，也再没在我面前出现过了。

H 略有不同，H 在回复的短信里诉说了自己种种的难处，然后很真诚地加了句："我姐是银行的，我可以从她那帮你挪点。"我明白，在接到这样的短信后我该识相地告退，但那当口，自己恶作剧的念头强烈地作祟，我开始故意为难 H。我说好的，我等着，没想到能遇上你这么好的朋友，自己帮不上忙，还会去麻烦你姐。自然，H 在我的步步"紧逼"下同样销声匿迹了。

倒是我那赚两千花三千的比我大三岁的舅，接了电话说了声"嗯"，十分钟后揣着两万过来了。

也接到了两通电话，通话内容极其简短。T 说："把你的银行账号发给我，明早给你打过去。"M 电话里好像欠了我钱似的一直打招呼："我弟出了点事，钱都给他填空缺去了，你别急，九月中旬划到你账上。"而 Q 是在听闻我借钱的事之后托 T 把钱打给了我，这些钱在几个月后我均如数归还，直至还钱的时候才知道，其中的三万来自 Q 的帮助。

我终于明白了母亲的用意。在我身后的亲人总有一天要离我远去，母亲希望我能看到身旁哪些是值得珍惜的朋友。那些能在你困难的时候帮助你的，只会是寥寥数人。狂欢，不过是一群人的孤单。真正的朋友，是能够伴你度过寂寞、孤独以及沉默的那个人。尽管随着岁月的沉淀朋友越来越少，但是，我知道，如果需要，他或她们就会出现在我的身边，这是最大的财富。

天地自在逍遥游

独处静坐的时候，一杯清茶，一本书便已足够。书可养身，好的书籍可以让我们从中发现自身的不足，知道如何运用智慧的方法去迎接挑战，解决问题，从而不断完善自我。

案头的《庄子》已翻阅数遍，内篇《逍遥游》为第一。庄子一直在追求一种无拘无束的逍遥游境界，追寻一种纯粹的精神上的自由。他告诉我们，人生至高的境界是完成天地之间的一番逍遥游。也就是说，看破内心重重樊篱，得到宇宙静观天地辽阔之中人生的定位，在这样一个浩瀚的坐标系上，真正成为人。让我们的内心无所拘囿，让我们意气风发，成为理想中的自己。

然而，处于混沌浊世，我们往往局限于自我。我们的眼界总是被我们的内心左右，我们内心境界的大小决定了对事物的判断。《庄子》用许多的寓言故事告诉我们，境界的大小可以完全不同地判断一个东西的有用和无用，也可以完全改变一个人的命运。在现实生活中，人们常常以世俗的眼光判断事物，而只有站在更高的境界上，懂得以逆向思维的方式，去观察周围的事物，才能获得成功的人生。在庄子的《逍遥游》中，有一个命题就是：什么是大？什么是小？《逍遥游》无限拓展了我们的想象，告诉我们世界的大远远超过了我们的想象，世间的小也远远超过我们的想象。因为真正的大与小不仅仅在眼界之中，还在人的心智之中。《逍遥游》中有这样一则故事：惠子去找庄子，说梁王给了他一粒葫芦籽，他把它种下，结果长出一个大葫芦来，有五石之大，但这个葫芦太大了，没什么用处。把它一剖两瓣舀水的话，皮太薄了，一举上来，就容易碎了，盛其他东西也是如此。惠子说葫芦种来不就是当个容器么，既然什么都装不了，不如把它砸碎了吧。庄子听了，便给惠子讲故事，说宋国有这么一户人家，家传有个秘方，可以制成涂了冬天不皴手的药。因此，这户人家世世代代以漂洗为生。有一天，有个陌生人前来以百金求购秘方，全家人想世代漂洗为生也没见过百金，不就一方子嘛，便把方子卖了。当时四处战火，此人拿了秘方直奔吴国，建议吴国向越国挑起水战，结果吴国因为有治皴良药而大获全胜。此举荐药品之人自是受到大大嘉赏。庄子说：你如果有一个完整的葫芦，为什么一定要把它打碎呢？你可以用网把它装起来挂在腰间，当个游泳圈，那样你可以自由自在地漂浮于江河湖海之上。难道一个东西一定要做成规定制成的产品，它才叫作有用吗？如此，我们不难看出，相同的东西在不同的人手里，可以得到完全不同的利用价值。庄子的故事告诉我们，一个人境界的大小，决定了他的思维方式。人们常常以世俗的眼光，墨守成规地去判断事物的价值，而只有大境界的人，才能看到事物的真正价值。一个人眼界的高低，境界的大小，可以完全改变一个人的命运。在现实生活中，这样的例子比比皆是。

我们总是安于现状，感觉生活安逸舒适。如果可能，我们是否可以冲破自我，跳出既定的范畴，重新审视自己目前所拥有的技能，我们是否可能让它们发挥更大的作用？我想，打破这种局限，我们才可能有真正的逍遥游。而如何让生活中、工作中种种的窘困，为我们的智慧所参破，从而达到天地自在任逍遥的境界，值得我们每个人去追寻。

第四辑　岁月弹指　刹那芳华

来来往往

　　他们停在左侧的公交车站上，她指着左侧的站牌告诉他，坐 115 路车就能到你要去的地方。然后，她将手指向对面的候车亭，说："我就在那坐车。"她转头的时候就看到她要坐的 204 路车从南面驶过来，好像还有什么话没来得及说，她容不得细想，只是挥动着胳膊示意车子停下来，并飞快地横穿过马路。她边跑边侧过脸冲他挥手。204 路车从她前面蹿过去，缓缓地慢下来，她在接近车尾的时候又略停了下，回头冲马路对面的他笑着，又挥了下手。那会儿，琴湖湖畔的风有几缕荡过她额前的发，这轻微的飘动，令她有淡淡的失落。来来往往这么多年，又一个过程停在远处，留待下一个开始。

　　她爬上公交车，找零钱投币，司机是她中学时的同学，又同时是她同学的老公，正笑着看忙乱的她，说了声："往后头去坐吧，甭搁了。"她略显不好意思地笑了下，找出一张纸币和一枚硬币，塞在投币箱里，径直往最后的位置去。

这个冬天的风还不冷，午后的光线隔着窗洒在她额头上，像抚摸的手。她把身体蜷起来，将头歪靠在椅背上，眼光触及中才猛然发觉，手里还攥着她给他带的《庄子》。

买了不曾细看的书，她有一大堆，哪天哪本书活了，她便把它挑拣出来，静下心翻翻。若不是他提及这书，她是想不着去细看的，她翻了三遍，试图在梦境与真实之中找到一条通道。

就像她在出发的路上，一直是没睡醒的样子。走路，等车，上车，坐下，这一系列动作在这些年里变得有些麻木。重复得太多，常让人觉得这样的起步、行走、到达，犹如无数次来过般不真实，犹如一个巨大的疑问：我无数次这样来过，为何还不曾到达？我无数次到达，为何又无数次地离开往复？

这疑问令她有些漫不经心，这些时日的心境也是漫不经心的。于是下车的时候，她望了眼堆满泥土和石块的一扇破旧大门，折了进去。看门的老头招呼她："姑娘，啥事呢？""看看。"她应了声。这个园子不像园子，厂子不像厂子的堆满泥土的地方，究竟是用来做什么的呢？她选择了往右走。泥土堆积的空余之地便是条路，看不清通往哪里，却是盘旋着往上，她顺应着它往前走。午后的尘土在光线里悬浮，她终于看清楚两边泥土半掩的亭角和柳枝，原来，这也曾是个苍翠过的园子，先前可能也有人来来往往。她走到盘旋往上的路的尽头，也是土堆的至高处，一个巨大的湖面便呈现在她的眼里，清幽而广阔。她这才分辨清楚，这些泥土的堆积原只为了填满这湖的湖沿，令它看上去更圆满、光洁，更像是一面平滑的镜子，将高远的天和游动的浮云尽数收留。她长长地吐了一口气，像是为自己这不停的来来往往找到了一个缘由。

他无数次地抵达过这里，依然陌生的城市对于他来说，只是一个巨大的容器。他并不在意到达的路程和周折，在车上的很多时候，他都是在睡意里，醒来，就更换了地点和场景。除了她是他想见的，这城市的一切都是附属，除了见她的这一段时光，他从不去探究和计量。世间的存在仅仅是一个过程，时间的推移没有止境，界限的变化没有常规，终结和起始也并不固定。他不去穷究，自然也不迷乱。

他和她一前一后在车攘人熙的某条路上走着，梧桐树叶缝里漏进来的太阳光斑斑点点地洒在她的眉上、他的肩上。独自走的时候是游荡，一前一后是引领，并肩的时候是彼此倚靠，她这样想着，他们正将一条线在他们的脚下不间断地划向某个不能称之为终点的点。他唤她："等下，往我后面看看有没有什么？"她停下来，认真地察看了一番，疑惑地说："什么都没有啊，怎么了？"他困惑的样子："没有尾气吗？我刚刚放了个P。"她笑了，笑得弯下身来。他依然绷着脸说："照理说冬天的时候是能看到白色的热气的，你不信？"

她笑着揍他，她知道自己是注定喜欢这样一种行走的。

他们并排站着的时候，一起仰头望向正在建设中的高楼。

这仰望的姿势在此后的某个时光里终会成为一个俯视。她想了下，问："阳光会铺满一屋子吗？我总觉得那里有些暗。"他笑了："你看，右侧的高楼为它挡风，前面的高楼为它挡去尘土和嘈杂，留有斜角的空隙照进满室的光，还有什么不满足的呢？"他们边说边继续仰头观望还在建设中的窝，像看一个鸟巢，在高高的虚无的天空里挂着，日趋成形。

　　怀抱着忘记递出去的书坐在车子的最末一排，她又看到了那个路过的湖。人不能在流动的水面上反照自身，而静止的水面就可以，只有流水自己静止下来，才能使其反照的万事万物也都静止下来。她想着那个渐渐填补得圆润光洁的湖，舒展地抵达了她的梦境。

七夕奶茶

对他和她来说，每一个相聚的日子都是七夕。他们必须从一座城市走向另一座遥远的城市，才能有短暂的相见。为了这短短的相处时光，他和她一走就是六年。

她记得她最初去看他的那天，阳光明媚，她坐在车子靠窗的位置，对着那座城市拥挤的车站人群侧过了脸，阳光正好照在胸前挂着的古钱上。她微笑了一下，她感觉到她看到他了，就在那些陌生的人群里，她感觉到他也正在望向她。

这些年里，她不用思考就能想象到他所有的样子，沉默着的，笑或者不笑的样子，所有的样子凝成了一个黑色的剪影，在她心底烙着。

而此刻，他正从遥远的地方向她奔来，她正穿越这座城市去接他。她把买好的两杯冰奶茶挂在扶手上，如今只要她一坐在车子靠窗的位置，就会不自禁地想到第一次去看他的情形。她把扶手上的奶茶拨动了一下，想象等会儿他们一起捧着喝的样子。

她记得有个冬天，她坐车去看他。他们坐着一起喝热饮，她坐在他的对面，手里捧着杯子。他说："真想做你手里的这个杯子。"她傻傻地问："为什么？"他说："它真幸福，能给你这么捧着。"她轻轻吹开杯子里热饮浮起的雾气，心里松动了一下。

接到他短信的时候，她还在车上坐着。他还是比她先到了，她心里有些着急，很多次都是他等她，今天，她想能够静静地等着他的到来。但他还是先到了。她急急地下车，急得忘了扶手上晃动的两杯奶茶。

他看到她的第一句话就是："今天怎么不下雨？"她问："怎么？"他笑了："记忆里七夕总是有雨的，牛郎和织女会踩了小麻雀们搭的桥相见，雨是喜极而泣吧，小时候站在屋檐下看到一只麻雀，头顶上少了一撮羽毛，想来真是给牛郎织女踩秃了呢！""哦？麻雀头上真的是少了一撮羽毛的吗？"她抬头问。他便更笑了。

他总是喜欢说她傻，他说她傻的时候，她却会感觉到他很疼她。她便一直这么心甘情愿地傻着。

在他和她之间，时间仿佛总是飞快。他说："怎么办呢，我们在一起，时间就过得飞快，这不是感觉要少活很多年嘛。"她便笑着说："那就不在一起吧。"

送他走的时候，她站在长途车站的玻璃门里，望着他踏上车子，坐上前排的位置。她就那么看着他，停了很久，不想离开。她不知道自己这是怎么了，这六年风车一样地在心里转着，将她的心吹得难受。她看不清他的脸，但她完全能想到他的样子。他大概是不愿意她站在那里望着他的，这样望着不舒服。他低头，她便也转头不再看他。她把身体靠在大理石的柱子上，鼻子没来由地就酸涩了。

走到他能望见她的位置，她冲他挥手。车子启动的时候，她转身离开。

开始下雨了，七夕总是有雨的。她走在雨中，搭上拥挤的公车回去。一切都是潮湿的，她始终把眼睛投在自己的膝盖上。车上的人越来越少，她也该下车了。往后车门去的时候，她才发现，自己坐的正是来时的那辆车子，而那两杯奶茶还在车厢后座的扶手上随着车子来回地晃动。

她看了几眼，心里想着奇妙的转圜。笑了。

昨夜花祭

他许下过多少诺言，她已经不记得了。

他有多少未曾实践过的诺言，她同样已经不记得了。

因为，他未曾实践过的诺言，和他许下的，一样多。

她想，自己若如他所说的，成了要完成的任务。那多少有点可笑。

更何况偏偏这个任务，怎么也未能完成。

于是，她不再抱任何的希望了，便也开始不再失望。

这个过程经历得极其微妙。他和她都不动声色。

其实，也没什么好动声色的。

他的习惯和她的习惯刚好相反。他习惯于嘴上喧哗，而她，习惯于内心喧哗。

两个截然不同的人。在他，允诺根本不是允诺，在她，诚信第一，无可推挡。

要是她不曾存下那段话，她是会怀疑自己的。
怀疑他是否确曾说过，这个七夕节，我会来看你。
她把七夕节想得很温暖，中国的情人节，应该有着稻壳的清芬。
她把自己修饰得很美，她感觉自己就是那一颗散发着清香的稻壳，躺在被阳光普照的田野之上，等待收割。

"情人节快乐！"他在电话里说。
她应了声。并不进行下文。
"怎么，也不回祝一下我快乐？"他在电话那头轻描淡写。
她说："有什么好快乐的呢？"
他便不再说话。

当然，他是绝不会提数日之前就有的约定，而她更不会提。
他可能从未想到过约定，而她会装着从未想到。
她觉得他是不懂得珍惜的。
她一个人，走在向晚的步行街上，霓虹灯好像在一刹那光辉耀目起来。
街道的中间是玻璃做的。踩在上面，她常莫名地感觉心疼。心疼什么呢？

　　他和她的相识，纯属偶然中的必然。要是没有那个户外俱乐部的活动，他和她只能是各自天地里的他和她。他商场失意，她情场失意，在皖南那个世外桃源。

　　他知道了她，她知道了他。之后，是慢慢的时间累积。他志在东山再起，而她已认定了南山。

　　在时间的长河里，她把所有的情感都投往一处，那浓烈的情感，在她的沉默里堆积如山。

　　不在沉默中爆发，就在沉默中灭亡。她非常清楚地知道。

　　他第二个电话打来的时候，她正准备下班。

　　在分秒流逝的时间里，她把一切收拾得极其妥当。

　　"有个女孩子今天跑过来看我。"他说。

　　她笑了。"祝你快乐，再见。"她把红色的键轻轻按下。

　　晚上没有看到牵牛织女星，她很早就睡过去了。梦里下了一场很大的雨。

　　清晨醒来的时候，不知道窗外的蔷薇花还在不在了。

　　她早已学会了遗忘，早已学会了在和泥土的相拥里睡去，做一个来年风华的梦。

在劫难逃

那天是你用一块红布，蒙住我双眼也蒙住了天，你问我看到了什么，我说我看到了幸福……依一边整理东西，一边听着歌。七天后，就是依出嫁的日子。

歌中唱到幸福的时候，依的嘴角不置可否地牵了一下，想起G——那个就要托付终身的人，就像饿了想到一个面包，冷了想要多加一件衣服一样平实而又简单。

秋日的阳光斜斜地从窗口照进来，洒在梳妆台上，光线里有浮尘在动。

一切可以很美好，如果自己愿意，依冲着镜中那个长发披肩的女子笑了笑。手里礼服上的珠片不合时宜地划过依的手指，血突兀地冒出来。依急着找药箱，人在着急和意外的时候总是不容易找着东西。药箱放在哪了，依记不起来，好久没用那些东西，大概好久没有受伤的缘故吧。

依打开壁橱旁侧的一扇小门，那扇小门好久没有动过。依想，药箱应该就在那里了。但门里却是只小木箱子，上面积了一层灰尘。依想不打开也罢，但又实在记不清自己在里面存放了什么东西，人对未知的东西都存着一分好奇，依想想，打开也罢。

箱子打开时发出"咯吱咯吱"的声音，让依的牙齿酸疼了一下，里面整整齐齐放着五本日记，日记旁是一大摞信件，信件旁边有个用淡紫色丝巾裹着的小包。依的手指有了轻微的抖动。丝巾里裹着两件东西：一粒纽扣和一块破碎的、七彩的护身符，隐约可以从中看到一匹奔马的印痕。

阳光折射在上面，让依目眩。

依把目光转开，从那堆信中抽出一封。M 的名字蓦然爬进依的眼帘，依的眼睛又开始刺痛，心像被谁揉了一下，找不到着落。M——那个曾为别人传递纸条的男生。依看着那五本日记封面上逐渐淡去的紫色，仿佛看到了逝去的十年光阴里那一幕一幕……

依并不是个能用漂亮来形容的女孩子，很平常的五官组合在依的脸上，却让人有种莫名的亲切感。坐在教室的一角，她所表现的是一种不合群的冷淡和那份冷淡所派生出来的骄傲。

依的话很少，但登在校园黑板报上的文章很多。

M 在课间休息的时候递给依一张纸条，上面是邻班一位班长短短的一句话：要你做我女朋友！依把纸条撕碎后甩在

M 的脸上。依看不惯那个班长的傲气，甚至毫无缘由地憎恨把这份傲气带给她的 M，为此在毕业留言簿上签了一段致歉的话。依一直纳闷自此居然会和 M 成为朋友，而且无所不谈。

有的时候，人们是否该感叹缘分？

依和 M 分配在了两座城市，但两座城市离得很近。

每个依心情低落的日子，M 总会寄来宽慰的话语；每个需要朋友分享快乐的时刻，依总会给 M 写信。时间在信与信之间悠然划过，当依和 M 都静静坐下来的时候，才发觉他们居然这样过了三年。

依去 M 所在的那座城市培训，两天。

第二天傍晚，依去看 M 的宿舍，在七楼，依笑着说："高处不胜寒。"推开门，M 侧身问依："最先看到了什么？"依的目光落在写字台上的相框里，里面依的笑颜灿烂如花。

宿舍里很简陋，一个电饭煲一个电炉子就可以解决 M 的肚子问题。依说："我给你做个菜吧，但只会炒蛋。"M 看着依低头专注的样子，眼里有了潮潮的东西转动。依的长发垂在电炉上，发丝"滋滋"地响，M 急着伸手帮依拂过长发，那是 M 第一次碰到依的头发，柔软、光滑……

依和 M 去看了场电影，回培训学校的时候，已是夜里十二点。传达室的大叔已酣然睡去，依望着紧闭的大门，求助似的望着 M。M 蹲下，示意依抓住铁栏，踩在他的肩头上过去。依的脚踩上 M 肩头的时候，心里突然没来由地痛了一下。M 用手托着依送她爬过铁门，依转头对 M 说："我明天早上走。"培训学校的通道很悠长，依转身跑进去的时候心里莫名地哀伤，仿佛自己就此离开 M，永不再回……

月色很美，M 目送依从他视线里慢慢远去，M 想张口唤依，想说些什么，但他就只这么静静站着，舍不得举步，不知如何开口。依在 M 心里太完美，M 知道自己在为别人传递纸条的时候已经丢失了自己。但 M 没有把握，怕一开口，不仅失去了友谊，还失去了依。

依知道 M 会在早上来送她，上车的时候，依发现，M 感冒了。看着车窗外 M 的眼睛，依找不到方向，依第一次问自己：把 M 当何种类型的朋友？依找不到答案。

信仍旧在依和 M 所在的两座城市间奔忙，累积着日子和他们的情感生活。

秋天很快就来了，依采了一大捧夹着雨丝的桂花回她的小屋，心情被桂花的香味染成一片悠远和轻松。走在绵绵的秋雨中，依的感觉很好。雨丝拂过额角，拂过发际，很超然。依只是有一点点的落寞，觉得一个人欣赏并享有这份意境太孤清。

捧着那束桂花走过巷口的时候，依看到了 M。M 站在雨里，头发有点湿润。"依，今天是你生日，happy birthday！" M 拉过依的手，在依的手心里放了一样东西，那是个圆形的护身符，底部变幻着七彩的光芒，光芒里是匹奔跑着的马。护身符上 M 的体温在依的手心里蔓延，"你一定在一路上抓了很久，一直未放。"依看着 M 的眼睛说。

M 的手机铃声阻断了他的回答，"单位有个会议，我好不容易抽了时间来看你，我得走了……"

……依还没转过神，M 就转身匆匆走了。

秋天里没有 M 和依的结局，冬去春来——你和我之间了解得太深太透，于是，距离成了一张薄薄的纸，一点就破，而唯独我们的手，总是无法伸出。——M 在报纸上读到这首小诗的时候，是在下班前的半小时，他突然站起身来，拿了件外套就往外跑。办公室的老刘很诧异，平时沉稳的 M 今天这是咋了？

M 急切地想见到依。当他站在依的小屋外的时候，暮色已然退去，天空零零散散地飘起了雨。

依开门的刹那没有惊异，看到 M 的眼神，依明白，M 有话要说，也许 M 要说的话依已经等了很久。

"去江边走走。"M 对依说。

江边风很大，席堤而坐，M 觉得自己很笨，面对依的时候，想要说的一切或者一句被风一吹，乱了！"要是不知道说什么，你就讲《卖火柴的小女孩》的故事吧。"依手里把玩着一盒早上生炉子时忘在口袋里的火柴说。

依无意识地划着火柴，火柴杆和火柴皮摩擦的刹那只迸出一小点火花，就被风吹灭了。依听着 M 说着那个无意要听的故事，说有点冷。M 给依披上自己的外套。依一根一根划着点不燃的火柴。吹这么大的风，只为听 M 那久久不说的一句话，依感到委屈。依在心里说：划完最后一根，M 再不说，就离开。

雨零零散散、若有若无地下着，M 觉得自己像个傻瓜，一句话会困住自己这么久。看着依在划着火柴，M 不知道依在想些什么，那点不燃的火柴让 M 的心一点点地冷下去。M

怕自己的爱，会让依从自己身边逃开。

　　最后一根火柴在依手里闪过之后，依站起了身，"走吧，太冷。"依的手狠命抓着 M 外套袖口上的纽扣，纽扣陷进皮肤里，生疼。

　　一路上，M 和依都未开口，空气很郁闷。快到依的小屋的时候，M 停了脚步，"依，做我女朋友，好吗？"依像被人点了穴，手里捏着的那粒纽扣松下来，落在依的手心里。这话在 M 说出口的此时，变得好像少了些意义。依有点负气，话在舌头上滚了一下，就溜了出来："不，你走吧。"M 鼓足勇气说出的话给依弹回来的时候，M 真想打自己一个嘴巴。努力压制自己的情感这么多年，只怕一流露会使依逃走，早知道依不会爱上自己，又何必自己断了自己的退路呢。M 有些泄气，接过依递过来的外套，M 自嘲地说："改主意的时候，给我写信，我不会再打扰你。"依给了自己一个月的时间，这一个月里，没有 M 的来信，依也不再提笔。时间还是一如既往地流动，但有些什么开始让依黯然，回忆泛起来的时候，依找到了 M 送她那天她没有找到的答案。

　　原来有种感情在心里，无法轻易触及。给自己一个机会，给 M 一个机会，依提笔写下：爱一个人就不要让她等太久，别让她明明已知道你的心意，却仍得等你慢慢筹备起勇气……

　　M 每天都去收发室，在一大摞信件里寻找依的笔迹。心情在每次失望里下坠，M 想依有了她的决定，只要依能幸福，自己或许不该再打扰她。

　　依的信寄出很久，没有 M 的回音。依所有的自尊自傲跑出来冲着依肆无忌惮地笑。依把脖子上的护身符解下来的时候，护身符从手中滑落，摔在地上，那七彩的奔马一身裂痕……

依硬生生地把自己从往昔里拉回来的时候，已是夕阳西下时分。手指上的血凝固成一个紫红色的痂。依看着那五本日记，那里记录着自己所有心情点滴，该给它们找个方向。依把五本日记细心地包好，然后去了邮局。依很认真地写上小木箱里那些信上 M 的地址，双手把它们交给工作人员。那位年轻的小姐笑着说：你要晚来两分钟，我们这就关门了。

依接到 M 的电话是在四天后，M 的第一句是：我从没接到你的信，在那晚以后。

那封石沉大海的信不知在哪个角落里躲着。依想，人有的时候是该相信天意吧。

依想去见一下 M，也许依想改变命运，也许命运会改变依。

依不知道自己究竟怀着怎样的心情去见 M 的，只觉得心跳得很厉害，希望时间过得快一点再慢一点……有五年未曾谋面了，M 是否一如往昔？

天正下着密密细细的雨，一如依无边无际的心绪。

拿着顶黑伞的 M 那么鲜明而又迅速地映入依的眼帘，依奇怪自己在那个十字路口对纷纷扰扰的路人竟可熟视无睹。M 没有发现依，他的目光空洞而又辽远地停留在他意念中的某个地方。

"嘿——"依轻柔的呼唤从背后传来的时候，M 的肩头颤了一下，并有五秒钟的停顿，然后慢慢转过身，依终于从五年的思念中真实地站在了他的面前，M 的心有点抽痛。

依穿一件粉紫色的中袖上衣，暗紫色碎花长裙，中分的长发下一张素面朝天的脸。M 奇怪五年的光阴居然未在依身上留下痕迹。当依的眼神抓住 M 的时候，M 莫名地感动，原来光阴带不走的还有好多东西。

依跟在 M 身后，直至发晕才到 M "高处不胜寒"的宿舍。M 打开门，依站在门口，记忆里的一切又都悄然复苏，并真真实实地呈现在眼前。

M 说，最先看到的是什么。依知道自己最初的视线是桌上那个相框，里面已不再是自己的照片，很自嘲地笑笑。依说，是窗上的竹帘。

窗外，仍下着雨……

M 沉默了一会儿，说出去一下。依忽然觉得自己的照片一定放在相框的背后，依把相框转回来，自己的笑颜在玻璃后有了泛黄的痕迹。M 回来的时候，他打开抽屉，依明白 M 会给她看他所有的心情就如同依一样。M 的日记很简单，每一页上都涂满了"依"，整整五本，无数个日日夜夜。依的心顷刻间像窗外的雨，无奈苍茫飘洒一地……

"嫁给我，依，我爱你。"M 的话在五年后如此轻易地说出了口，依转过身，泪从眼角滑落。

有人敲门，依听见 M 和一个女人的声音在门口争执。依回过身。"你好，我是 M 的女朋友。"门口那个圆脸大眼的女子明朗地对着依说，"你是他同学吧，叫我 C，名字没什么作用。"依看着面前这个直爽的女子，一时有点无法适应，两分钟后，依摇了下头，五年，不可能是片空白。

"我有话要和依说。"C把M从房间推了出去，M看着依的眼神里有了痛楚，依不明白。M对着依说："你们谈和不谈的结果是一样的。"依没有开口，只觉得眼前的局面很特别。

关上房门，C走近依。依正猜测她将要说什么，C却突然哭了，泪流满面。"M和你说起过我吗？"C问，依摇了摇头。"你和M分手的三年后，我认识了M。M当时很沉沦，我也经受了一段失败的恋情，我们常在一起喝酒，说闷话，醉了就打打闹闹。"C垂下眼帘说，"我已为他拿掉了一个孩子，是今年的八月二十八日，我一个人去的医院，他没有陪我……"C仍在说，依的思想瞬间短路，三百六十度的转弯，依有点发晕。

转过神来的时候，依才发觉C在不停地流着泪谈她与M的那段。"我不知道我们怎么开始的。大约你和M分手的三年后，记得是六月份，我刚失恋，星期天去山上转了半天，回宿舍去他那儿玩。我常去。当时他桌上放着几瓶酒，于是我们就喝起来，我很伤心，加上酒就哭了起来。M为我擦掉眼泪，问我什么事，让我说出来，我觉得他这人真好，于是我们开始在一起。真的，要是你不寄来你的那些日记，我们过得很开心。他还说：明天我们去登记。但现在，他对我变了，说我们之间完了。我知道你是他心里的目标，他一直以为对你只是单方面的，直至看了你的日记，才知道你也是那么深地爱着他。依，可我现在该怎么办，求求你了……"C

说的时候，竟然在依的面前跪了下来。依紧张无措，不知如何应付，心口堵得慌。望着窗外，依想大哭一通，有些东西错过了，永不再回。

依终于整理好自己的心情，对着 C 轻松地笑："我知道该怎么办，叫 M 进来，我跟他说。"M 的脸不带一丝笑意，漠然站在门口："我早说过你们谈与不谈的结果是一样的。"依忽然明白 M 的话，他终是与 C 不会有结局了。

"不，你不可以，你必须负责任。"依说的时候保持着微笑的面容，很自如，依第一次发现自己在政府部门工作十年有所受益。"我早说过了，依，没有结果。"M 异常坚决。

依开始试着说谎："M，这只是一个结婚前女子瞬间的放纵，你又何必当真呢？后天我就结婚了，我会好好待 G，你要好好待 C，希望我们每个人都好。真的，我该走了。照片对你已无意义，我一并带走……""你拿吧。"M 生硬地说。依平静地从相框里取出自己的相片，已经发黄了，依笑着说："时间长了，总有发黄的一天……"M 看着依的背影从门口消失。十年前，如果自己不曾给别人传递纸条；五年前，如果自己说了那样一句，一切会是如何……

C 看着 M，如果依不再出现，一切又会如何……

依在巷口拦了辆出租车，想着自己手指上那个已经掉落的紫红色的痂。如果自己不打开那个木箱，如果那封信在五年前没有沉没，一切又会如何……

七天后，依没有成为 G 的新娘，M 没有娶 C，生命里有些故事，是个劫难，在劫难逃。

想念一支烟

已是午夜，她舒服地洗了一个澡，裹上雪白的浴巾，光脚站在宾馆的窗前。外面一直下着雨，夜更静的这一刻，雨滴落的声音才清晰起来。窗子后面是整排杏色的别墅，几个微亮的窗口，隐隐约约有人影晃动。

她站着，突然想念一支烟。

靠窗的角落摆着圆形的柔软的沙发，落地灯的光将它呈在圆形的暗影里。想蜷缩在里面，燃一支烟，想念一个人或一些事，想把那些同样蜷缩的、给自己丢弃了的、不想去捡拾的片刻，慢慢地一点一滴地摊开来。

她转过身，望见大幅的落地镜子里自己湿漉漉的头发正像窗外的檐角一样滴着水。他的担心，她是理解的，他说她没有目标，她却不辩驳。她清楚明白地知道自己的目标在哪里，只是他不明了。她想他认为的不定性是因为他从来都没有在她那里得到过确定。从而他对她的确定也就是不确定的了。

　　她在靠近镜子的床角坐下来，把腿搁在圆形的沙发上。镜子里她的小腿修长光洁，泛着细瓷一样的光泽，这是她身体最美丽的部位。她动了下手指，才又感觉到手指的饥渴，她修长的手指期盼着一支烟的光临。

　　她记得她只在他和他的朋友面前，燃过一次烟，仅有的一次点燃和熄灭。他们看她的时候多了深长的意味，注意她吸烟的姿势，从而端详她是不是第一次。她因为他们掩藏的注意而在心底嗤笑过一声。在那个时刻，她想起她的闺中好友，想起她的小屋，小屋里始终闪烁的电脑屏和堆满烟头的烟灰缸，她喜欢看着她一边叼着烟，一边沉醉地敲字，她会招呼她，要不要来上一支？然后，她们各自燃着，各自想着自己的事，不再注意对方。

　　然而，她很少有抽烟的时候，一来环境不允许，二来她还是个虚伪的人，一些大众普遍认可的教条在白日里自然而然地约束着她。

　　但这一切都不妨碍她去想念一支烟。

　　午夜是烟气弥漫的时刻，她很想念一支烟，有一种无以名状的情绪在她心底压着。"许巍唱得好，'只要我轻声呼唤你，你就会来到我身边'，只是你不是你，我不是我。"他的话在她的耳边又响起来，"我还会做回我的前十七年，但我不会再像前十七年那样混蛋。因为我知道，你在向往你的美好的时候，你也同时希望我过得平静安好。"

和许多年前一样，只是原因不同。她清楚地知道他隐隐的决定。

睡意迟迟不来，她的头发已经干了，酒店的洗发水令她顺滑的长发变得干涩毛糙。隔壁的屋子早已安静，在她四周的屋子，远的近的，想必也都已安静下来了吧。她钻进凉凉的被子，蒙住了脸，也渐次蒙住了对一支烟的想念。

梦里，却是吸烟的男子，微蹙的眉头，烟灰在手指间凝结了很长一段，迟迟不掉落。先前，她总是认为，男人长时间不弹落烟灰的时刻，应是想念的时刻，也许是一个女人，也许是一个困惑，也许是一段空白。总之他是在想念。烟灰凝结得越长，心中的郁结越是厚重。梦里，她的眼掠过吸烟男子的脸。在一群高矮错落的房子前，他似乎有话想要对她说。他原本红润的脸色如今是灰白的，灰白的色调如同烟灰。他的眼神也溢满了燃尽的无奈与怨艾。他是她尊敬的人，他似乎并没有意识到这一点。她愣愣地看他，他向她走来，试图拥抱她，她却在刹那之间幻化成一阵白色的烟雾。她复又成形的时刻，落在另一群高矮错落的房子前，他呆滞在那里，像一粒不曾弹落的烟灰。停了片刻，她的步子开始急促起来，进而奔跑着，在一幢幢房子间，她张皇地寻找，她知道他终于也是要幻化成一阵烟雾了。

电话铃声将她唤醒，她无可奈何地爬起来，站在镜子前，将长发绾起扎了个马尾，套上藏青色的长毛衣。毛衣下摆宽大，像是裙子，胸前用珠片盘点出几只蝶的形状。毛衣的领子很高，这让她的脖子看起来更显颀长。灰黑色的牛仔裤、白色的跑鞋，这是她一贯舒适的打扮，仿佛随时都可以出发远行，仿佛随时都可以席地而坐。

完全没有方向感地走出大门的时候，才发现外面的世界是湿漉漉的，昨夜的雨令气温有了明显的下降，她感觉到些微的寒冷。钻进藏青色的车子，看景物一点一点更移替换，逐渐变得熟悉。路过金桥的时候，她略微正了下身子，这辆车子有宽大的窗，隔岸那些破旧的厂房像云彩一样在她眼里飘移，最后是他居住的那栋破旧的楼房。她看到后窗半开着，走廊上挂着洗过的衣服，他们一家人的衣服在风里晃荡。房子是 80 年代的产物，墙身上布满了灰黑的斑纹与渐次剥落的粉饰。这些疮痍令她心底柔软的部分起了褶皱，它们像云彩一样飘过去的时候，她心底充满了感念和哀伤。

过往，犹如飞驰而过的残墙，她不知道是自己经过了它们，还是它们经过了她。祝福在心底如饱满的花朵开放。

她又开始想念一支烟，想念把它叼在嘴里刹那的温柔感觉。

愚人的某些细节

（一）

　　最初见你的时候，应该是在数年前的初春时节。这是我的初见，比你晚了十几年。见你的时候，心里存了很多想象，你该是怎样一副样子呢？眼睛、鼻子、嘴巴，整张脸，勾勒了很久，却组合不出一个具体的形象。你跟随引领的人进入欧玛的时候，背有些弯，黑色皮夹克衬着副吊儿郎当的样子，眼神不知安放于何处，缺乏自信，或者应该说有点隐隐的不知所措。我有些对不上号的失落，原来，我真的不认识这个人，在记忆的任何角落。

（二）

那一年的那一天，应该是个节日，关于时间我总是概念模糊。

走出饭店的时候，门是开着的。我转身的时候，服务员正把玻璃大门锁上，我在门外急切地拍打，我想告诉她里面还有人。服务员并不理我，径自锁上门往里走去。大厅的灯暗了几盏，又暗了几盏。远远地见你肩上扛着她娇小的身体，从大厅的里面走出来，锁着的玻璃门和空荡荡大厅令你和她看起来像一幅漫画。你们停下来，和我隔着一道玻璃门，我说门锁上了，你们都没有听见。她的身体像一片羽毛黏附着你的身体。后来，她哭着对我说：这是愚人节的一个玩笑。你的表情，我没有看到。

（三）

糖炒栗子是欢喜的吃食，一想到糖炒栗子就会想到黄包车，想到太阳照射下阴暗的长廊。很多事物并没有关联，想到的时候却自然掺杂在一处。其实欢喜的是糖炒栗子刚出炉时的那一股香味儿，若是在下雨天，闻着心也会干燥舒暖起来。

糖炒栗子很香，午夜街头的糖炒栗子更香。你问想吃吗？我点头。午夜的街头开始下雨，我们像儿时的玩伴，勾肩搭背一路谈笑。秦淮河的船只静泊，午夜的船只是水的魂灵。你问想坐吗？我点点头。河畔开始起风，船家早已安睡，空留灯盏轻摇。漂于河上的或许是儿时的梦幻，只是这附和，令秦淮河畔湿淋淋的夜晚刹那变得松软。回去的时候我拉高了声音说：这是给你们带的栗子啊！后来不知怎的那整袋的糖炒栗子撒了一地，俯身捡拾的时候带了些微的轻怔，这些，你们都不曾记得吧。

（四）

假如港口是一种停泊，那么在那样一个走失的夜晚，独坐在残瓦断砖上听狗吠的我就有理由像个迷途的孩子般大哭了。如今想起来，那几年，我总是有流不尽的泪水，一到酒后便开闸。在那样一个被称作港口的地方，逢到过路的陌生人，是个年轻的男孩子，却把我当成更小的孩子。他一遍又一遍不厌其烦地问我从哪里来，要去什么地方。我故意用我放肆的号啕来掩饰我的逃避，我这个老去的孩子，总是扔给你们担心和忧愁。迷糊中看到冲过来的白色身影，伸开的双手和怀抱像道圣光，无比洁净安详。

（五）

被一只手拉着，在石级上跌跌撞撞地往上跑。仿佛承载着一股不管不顾的力量，这是黑夜的墓道，我们要攀登的是一座坟墓。我突然停住，喊一句：看，你身后！你吓了一大跳，我便咯咯地笑起来。在黑夜的墓道上，总有一股力量促我到达死者的墓穴。在山道上，我说，我们一起奔跑。你快速地跑起来，我把鞋子脱下拎在手里，更加快速奔跑起来。夜风轻扬白色裙裾，这是一个想飞的夜晚，某个生日的夜晚，感谢曾一起飞翔过的你。

（六）

其实，一切，都只是发生在一个愚人节的晚上，我坐在一间饭馆里，对着一面空白的墙百无聊赖。百无聊赖的我勾勒了很多细节，这些细节，事实上，都未发生过。是的，人生的很多细节事实上都未发生过。我们却可以把它们当作一场丰盛的晚宴，在自己面前的案上一一展开。

被风吹过

生活就像一棵大树，遇到的人、经历过的事就像树上的叶子。每一年，总有一些叶子从枝干上被风吹落，不知道飘向了哪里。每一年，总有新的叶子再次出现在枝干上，它们的模样，仿佛许多年前的那些叶子一样。我不知道，这些叶子是不是就是先前的那些，它们只是给风吹走了，转了一圈又回来挂在枝干上。我不知道，这些一年又一年出现的叶子，是不是真的回来过。

午后，你的声音如同一枚叶子，被风吹到我的跟前。这声音在四五年里被风吹得不知道飘向了哪里，今天，它又回来找我。

它以它熟悉而惯有的方式钻入我的耳膜，好像它不曾离开。

它果真不曾离开吗？这四五年的时间，这声音一直潜伏在某个梦境里，迟疑着，并不呼唤我。

"怎么突然想起来给我打电话？"

每次突然而至的通话前必然的铺垫。

他并不作答。

"是阳光吧，今天的阳光真好。"

他还是不作答。

我心底想着，这突然而至的电话，想着某日与朋友说起他，说起他日渐弯曲的脊背，说起他的种种，说起想去看看他。而这四五年的时间里，我早已离开了枝干，被风和日子日渐吹远。

我们各自在自己的路途上飘着，微风的时候飘得慢些，风紧的时候打着卷儿。也许某个时刻，风停的片刻，我们曾迟疑着想回去找曾经悬挂的枝干，只是风已经把我们刮离来时的路途。

尘土一片，风沙一片。

"猜我前几天去了哪里？"

望见窗外阳光的时候，我想到了那个小镇。那个小镇十七年来静默着等待我前去。当我在十七年后双脚踏进它的时候，我才发现，它早就预知了我的到来。它知道，我就像枝干上被风吹跑的叶子一样，这一年必会回到它的枝干上。原来铺满鹅卵石的小街早已不是当年模样，我顺着它一路走着，看到十六岁的我匆忙地在一个早晨奔跑，跑进供销社的小店，跑进粮管所的大门，跑进一片人声鼎沸的人群。我努力寻找十六岁的我，直到我看到她停下来，站在这条崭新小街的西面，望向我的方向。

我不由自主地跟上她，风把她的头发扬起来。她似乎就是来引领我的，十六岁的我，要将十七年后的我带去一个地方，我知道，她也知道。

高高的向阳桥，一直在心里横亘着。望虞河水从桥下湍流而过。站在桥最高的地方，我看到了十六岁的穿白裙的她在桥堍站着，在她不远的远处，是一个白衣少年。她只需一回头，便能看到他。他只需一张嘴，就能唤住她。但她没有回头。我站在桥的最高处望着他们，我想冲着他们喊一句："他（她）就在你身后！"而我终究喊不出声来，这个白日的午后如同一个梦魇掐住了我的喉咙。

在我的注视里，她们一个往东面飘走，一个往西面飘走，向阳桥始终静默着不吭一声。

"你一定是去了张桥。"这次他回答了。

是的，张桥在这一年的风声中呼喊我前去的声音我终于听到了。它已经呼喊了我十七年，它已经等待了我十七年。

有一些人，也注定是要给风吹回。

"身体好吗，我一直担心这个。"

他的声音低沉了。停顿了很久。

"二〇〇五年的时候，差点瘫了，卧床几个月，天天煎中药吃。现在勉强还能活动。"

二〇〇五年的时候，我在哪里？我在做什么？我问了下自己。没有答案。唯一肯定一点，我并没有和他在一起。一次简单的探望也没有。

"脊背弯曲好点没？我来看看你好吗？"

"不，不想你看到我的样子。我真想，我能看到你，而你，看不到我。"

阳光里，所有的叶子飞舞起来，往着各自不同的方向，晃了眼睛，有刺眼的疼痛。

照顾好自己，起码让我知道，我们都在各自的角落好好地活着。

风起时，我们正各自走在我们的路途之上。

时间草原

是什么　只让水波欢跃向前
却让我们逐渐退缩
逐渐变得沉缓与冷漠
是什么　让激动喜悦的心逐日远去
换成了一种隐秘的沉重的负荷
······
我终于来到生命的出海口
留在身后的
是那曾经湍急奔流过的悲喜
是那曾经全力以赴　纵使粉身碎骨
也要挣扎着向你剖白过的自己
还有那些荒莽的岁月　荒莽的夜

（那在远方反复呼唤着我的山野）

沿着峰峦与溪谷蜿蜒而下

再蜿蜒而上　思绪总是停顿在

每一处微微转折的地方

仿佛又听见满山的树丛在风中呻吟颤动

野姜花香气弥漫

月色随着奔逐的云朵静静开展

……

——摘自席慕蓉诗集《时间草原》

（一）

站在车站拥挤的人流中。我找不到方向。

云层很低，空气让人窒息。

一辆蓝色的出租车滑到我的身旁。

"你好，要去哪里？"

西门外三条桥。地址在我口里像一个呼吸，温暖而又遥远。

城市已不再是我离开时的样子，崭新而又体面的外衣，高傲且华丽。而山还是那座山，还是那般苍郁着斜斜地划过城市。西门外那条傍山的公路，蜿蜒的姿态一如当年，只是显得宽阔而没有终点。我把头靠在车窗玻璃上，看那些在上下坡度间起伏的梅林，我听到在林间穿梭的笑声。

萧宁轻柔而又坚定地说："把手给我。"

姜夏明朗欢快地呼唤："流苏，快来啊，萧，快来看啊，好大的梅子！"

那时候，天空纯净而又明朗。

139号，我清晰地记得那个门牌号码。那幢傍山的小楼，黑瓦白墙。三年前，阳光总是温和地照在院落里，墙角开满紫色的蝴蝶兰。还有追着"小雪"奔跑的姜夏，微笑着沉默的萧，还有望着墙外蓝色天空的我。车子停在我熟悉的情景里，记忆里的一切又一次落入我的眼中。泡桐树在暗红色的大门上投斑驳的影，我用手轻轻触摸那片粗糙的纹路，仿若梦中。

司机把我沉重的行李放在我的脚旁，然后疑惑地看我。

"怎么不按门铃？"

"我不知道是否应该。"

"你已经决定，不是吗？！"他把手放在按键上替我做了决定。我错愕地看他。

"该来的总要来，该走的总要走。什么时候要拉这些沉重的行李，呼我。"

他把一张名片塞在我旅行包外侧的口袋里，然后离开。我站在时光的隧道口，阳光刺目。门，开了。总觉得时光是有声音的，至少我能够听到它的声音。就像花开，就像云散，舒缓而又苍茫，无法触摸，但能感觉。

姜夏站在门口望着我，嘴角轻微地抖动。

"流苏，是你吗？你终于回来了！"

我微笑着走过去，把手放在她柔软的头发上，轻轻地揉了两下。

"是的，我回来了！"

我们拥抱在一起，我的怀里有她的温暖。而时光终于让我们都变得小心翼翼。我多么希望，姜夏像多年前那样大声明朗地欢呼："流苏，我们一起找萧去！"

院子很静，冬日午后的阳光洒着流畅的金黄，空气里有我熟悉的气息。我看着姜夏安排我的行李，收拾阁楼上那个房间。"房间从你走后一直留着，我知道你会回来的。"我在背后望着姜夏微微弯下的背，她穿一件紫色碎花棉袍，长到脚踝。头发在脸侧自然地滑下去，长长地垂在白皙的手臂上，随忙碌轻轻摆动。

她还是那么安静柔弱，令人生出保护的欲望。

"萧宁呢？"我随口问道。

姜夏略微停了手中的忙碌，却依然半弯着背对着我，说："萧，出远门去了，不知道什么时候回来呢。"我拿起写字台上木制的相框。蔷薇河在远处流淌，燃起的篝火，三张映红的脸庞。萧的神情那么遥远……

（二）

那一年距离现在有多远？

刚到小城的日子总是下雨，潮湿的空气堵塞住干燥的心情。每天去一个很小的单位上班，为了生存，挤混乱而又拥挤的公车，常常坐在车子最后一排靠窗的位置，颠簸的时候看前仰后合的黑色头颅，随波逐流地摇晃。总是会遇到一个女孩子，和我在同一站点上车，总是径直往最后的角落。我可以清晰地看到她的侧面，轮廓分明，略尖的下巴，薄薄的嘴角，清新明快的神情。

每天我们安静地相逢。我揣想，女孩一定有个温暖的家，安定闲适的生活，有很多爱她的人和她爱的人，有她简单的梦想。在我揣想她的时候，我能感觉她也在揣想我。

直到有一天，她突然转头，轻声说："最后的位置真好，好像我可以看到一切。"

"是吗？我只是觉得，最后的位置真好，别人都看不到我。"

"我不是看到你了吗？"女孩轻轻地笑了，"我叫姜夏，你呢？"

"流苏。"

每天的上班因多了公车上一段简短的对话而丰富起来。姜夏总会对我说："流苏，你就像只刺猬，有人靠近就锋芒毕露，但我喜欢你。""姜夏，不要这么轻易喜欢刺猬，它会弄伤你。"我揉了揉她的长发，喜欢手掌触摸到的温暖，尽管那些都离我遥远。

姜夏是本地人。第一次去她139号的家，我带了包紫色的蝴蝶兰的种子。紫色是姜夏的最爱，喜欢做梦的温柔甜润的女孩子，就像紫色的蝴蝶兰。我真喜欢那幢黑瓦白墙的傍山小楼，小楼后面是整片的梅林，远处有条细小的河流，而山在背景里愈发高远。姜夏的父母常年在外地工作，屋子空着，很多都租了出去。

"流苏，你搬过来住吧。那样，我可以少些寂寞，还有一个房间和一个阁楼空着。"

我看着姜夏期待的眼神，点了下头。

"我要那个阁楼，但你得收房租。"

带着我简单的行李搬去 139 号的日子是个星期天，阳光灿烂。姜夏因为值班只在桌上留了张字条。我把自己平放在小阁楼的木床上，整整一个下午。我喜欢阁楼落地的窗户，春天的景致就在窗外。有人说春天就得在窗户里欣赏，就像配了框的画。生活也需要配饰吗？给它一个固定的图形，然后一切都合着那条轨道运行，容不得挣脱。

我从床上坐起来，从包里取出一个木制的相框，小心翼翼地把它支在写字台上。里面穿着蓝色印花棉布夹袄的她背对着我，被风吹得凌乱的灰白色头发令我心脏收缩起来。往事的车轮在胸腔里来回辗动，我下意识地抱紧双肩。那些无边无际的血色瞬间向我涌来，兜头浇下，仿佛要将我彻底淹没。

"她是谁？"

姜夏的声音，在背后蓦然响起，我才发现不知道什么时候，阁楼已被夕阳灌满。而我就站在那些红色的光线里，怀抱着自己。

"是我外婆。"我淡淡地应了声。

姜夏没再说什么，径自拉过我的手，说："流苏，把这当成家好吗？对了，今天还有个人也刚刚搬过来。走，我们一起吃饭去。"

那是第一次见到萧，他站在客厅的窗前，背对着我们，瘦长背影，黑色 T 恤，黑色的帆布裤子，灰色球鞋，略长的头发，宽阔肩膀。"萧宁。"在姜夏的呼唤里，他转过身来。一张轮廓分明的脸，一双宽厚明亮的眼睛。

"流苏，这是萧宁。"

我们彼此点了下头。

"今天真是太高兴了，萧伯伯终于答应你到这边来工作，流苏又答应过来陪我。真该好好庆祝一下呢！"姜夏兴奋的样子，使萧宁的脸不自觉地柔和了起来。

"傻丫头。走吧，一起喝一杯去。"他很自然地揽过姜夏的肩膀。

又转头看向我。我把目光投向别处。

姜夏已经将手挽在我的手臂里，"走吧，流苏，我们一起。"

小酒馆的名字叫"梅花村"，穿过一整片的梅林之后，就能看到它古色古香的檐角。梅林在斜伸的坡上，梅树一片翠绿，叶间青梅如豆。我们在靠窗的小方桌上点了酒菜，窗户是古褐色的，雕了小块格状的花纹，半开着，有微凉的风时不时地透进来。从我坐的位置，能看到稍远处那条细小的河流。姜夏一直沉浸在萧到来的喜悦中，她的喜悦像蓬松的棉花糖，一丝一丝缠绕着不断壮大。而萧大多时候都在倾听。

"流苏，不嫌我啰唆吧？萧和我小时候一起长大，我经常跟在他屁股后面赖着和他一块玩儿，和萧在一起，那些野孩子没一个敢欺负我！"

姜夏的话，突然让我的脊背刺痛了一下。

"野孩子"这三个字，好像钢条刮过玻璃般在我耳畔尖锐地响起来。那条老街上的尘土飞扬，那些槐树下的指指点点，那些穿戴得齐齐整整的孩子们，他们对着她响亮地喊："疯婆子！疯婆子！"外婆冲着他们没心没肺地笑，从口袋里掏出彩色的糖果试图分给他们，而他们嬉笑着，将手中的石子一颗又一颗投掷在她的身上。隔着街，我朝他们冲过去，像一头愤怒的狮子。我挥动着随手捡来的细竹竿，然而还未取得胜利便在孩子们父母的大骂声中败下阵来，"野孩子——""疯婆娘——"像两张符咒死死地贴在我和她的后背上。

"你们才是野孩子！她是我的孩子！"直至母亲的出现，孩子们才像四散的鸟一样飞走了，连同他们的父母一起。

我的眼眶有些酸涩，萧只给我们两人倒了半杯酒，自己却不喝。我不知道什么时候把它灌在嘴里。"流苏，你怎么了？"姜夏的声音轻轻地飘过来。我抬起头，笑了一下："看来以后我也不敢欺负你了。"姜夏笑着拿拳头捶我。而萧只是沉默着看我，我突然害怕看到他的眼睛。

"我们来玩个游戏吧。"萧宁把勺子放在桌上转动了一下，"勺柄对着谁，谁就得回答问题。"按顺序，转的人提问，每人一次机会。姜夏在我没有表态之前已经拍手叫好。萧宁并不给我反对的机会，"从我开始吧。"他看着我。

"不，我先来。"我的尖锐再一次顺畅地冒出来，我从来都不习惯被别人安排。

勺子在我手指下旋转，它停在了萧的面前。萧直视我的眼睛，等待我的问题。

"流苏，出个难题考考他！"姜夏冲着我娇俏地笑。我略停了片刻，对视着萧的眼睛，说："你想知道什么？"姜夏错愕地看我："流苏，那么好的机会你啥不好问，偏偏把问题抛还给人家！"我并不说话，我讨厌所有关于试探的游戏，那些探寻和洞悉让我不安。我的问题只是把一切都推向直接，我就像是一只敏感而警觉的刺猬。

萧并不理会我的锋芒，我再一次看到那宽厚明亮的眼神。

"流苏，假如一伸手，你最想触摸到什么？"

萧宁的问话让我看到自己，那个在乌云笼罩下的布达拉宫前张开双臂的女孩子，那座古老的宫殿在身后散发着惨白炫目的光芒。我能听到有巨大的声响在我的胸中回响，在宫殿中迂回撞击。

　　………
　　嗡嘛呢叭咪吽
　　让我们坐在太阳的膝头
　　吟唱古老的歌谣
　　一起凝望它崭新的升腾
　　………

头顶的乌云顷刻急速退去，大片逃遁。就像剥落的白色墙壁。快乐和苦痛也只不过这短短一瞬。假如一伸手，我能触摸到什么？"空茫"，我望着远处的河流脱口而出。

"不，流苏，应该是温暖。"萧宁的声音沉着而又坚定。我们都静默着不再说话，姜夏看上去仍然是意犹未尽，她指着远处的河流告诉我们："看那儿，听说那条河叫蔷薇河，很多年前有个名叫蔷薇的女子曾投河殉情而死，夜晚的时候坐在河边，能看到流萤飞舞呢！都说那是蔷薇的魂魄，回来寻找她的前生。改天我带你们去看看。"

夜晚的梅林是静谧幽深的，往回走的时候，已经记不得是几点了。姜夏显得有些累了，懒懒地拉着我的手。时不时地问我："流苏，快到家了吧？"萧宁就轻轻地答一句："快了！"

在这样的幽暗里，我突然觉得我正走在回家的路上。

（三）

在阁楼上的第一个夜晚，我开始做梦。梦到一群黑衣的模糊的人，抬着个长长的柜子，柜子顶上有个黑色的相框。他们经过我的时候，那个相框就倾斜着倒下来。我并不试图抓住它，那些玻璃碎片飞溅的速度很缓慢，放射着，烟花一般……

醒来的时候，会想：那个相框里究竟装着什么？

　　而日子终于就这么平静地过去了。每天，渐渐习惯下楼的时候遇上姜夏，然后是萧。我们一起出门上班，萧往北，我和姜夏往南，走上一小段路，然后等各自的公车。下班坐在客厅的时候，我都只是聆听，听萧和姜夏在小时候的趣事里爽朗地笑上几回。生活好像就应该是这样的，没有波折，循序渐进。

　　而季节总是在不经意间更替，一川烟草，满城风絮，梅子黄时雨。春天随着连绵的阴雨渐渐远去，梅子在细雨缠绵里渐渐发黄成熟。上班的途中，会看到披着雨衣的人们，去水果铺买那些黄黄的梅子，梅子的香味给灰暗的季节带来了缕缕清香。

　　下雨的夜晚，我们会挤在一个沙发上看片子。看屏幕上那个在隆隆的火车声里晃荡的女人。画面上梁家辉口齿不清地念着诗：陶醉的青瓷在我手里漾开，如你柔软的皮肤……那个叫陈清的诗人，第一次让我觉得诗歌的苍白与悲哀。他好像一个破败的摆设在一个不知名的年代。很多唯美的东西，只存在于幻想之中。那辆急速行进的列车，那些急速退去的树的阴影和阴影里模糊的太阳或者月亮，灰白色，又隐隐泛着刺眼的光。是有种强烈的追寻在里头的，我看到周渔的绝望和不甘。

　　"我喜欢急速行进的东西。"我说。

　　"那样太累了。"姜夏把漆黑柔软的长发往后拢了一下，并转头问萧，"是吧？"

　　萧答非所问："她只是在寻找。"

我也只是在寻找吧。当那些整整齐齐的孩子们像鸟一样飞走的时候，我看着她也慢慢在我的视线里消失。我有时害怕缩在角落里的那个女人。涂了猩红的唇，灰白头发上扎着鲜红的头绳。我在她视线里出现的时候，她便扑过来用长长的指甲掐我。我从不挣扎，因为她是我外婆。母亲会挡住我，把我的头埋在她温暖的怀里。我常努力地睁大眼睛，看着她在母亲的胳膊上留下一个一个猩红的牙印。

"妈，我长大了也会像她一样吗？"

母亲捧起我的脸："不！她从前不是这个样子，她很漂亮也很温柔。"

很多时候，在崩溃的边缘，感觉自己离边界仅一步之遥，仿佛一不注意，就会滑向无底的深渊。"我也会变成这样吗？"我无数次地问自己。却没有答案。

而时光兀自按着它的轨道向前行。

休息日，会给姜夏拉着放逐般漫无目的地在城市的人流中闲逛，就那么走着，间或在路边某个小店里作短暂的流连。总是心中空茫地走过大半个城市，走过很多矗立不动的景物。很多次，我们一起路过那个街角，看到影院高高的凉凉的台阶，拥挤狭小的窗口。姜夏会说："哪天叫上萧，我们一起看个电影。"我不置可否地应承她，看她灿烂而恬静的笑脸，如同投射在狭小窗口上的一缕阳光。每天早上爬起来，拉开阁楼的落地窗，听到姜夏在楼下催促的声音，和萧永远宽容的等待。萧继续往北，我和姜夏继续往南。习惯了在车厢浑浊的气味里抬头望一下灰亮的天，不知从何而来的鸟群在山旁的林间腾地飞起，又四散开去，融进灰亮的天空，成灰黑的一个点，又渐隐渐无。

一天天，这么开始，又这么重复。

凌晨一点，窗外电闪雷鸣。蜷缩在阁楼的木床上，保持虾的状态。胃空前地难受，爬起来，搬了张躺椅，在靠窗的位置坐下。看远处刹那的惨白和狂翻乱舞的树梢，在自己的心事里徘徊。雨中的车辆再一次朝我冲过来，它卷带着母亲和疯狂的外婆，消失在我的视线里。胃的疼痛，如同车轮压过她们的身体一样碾过我的心。觉得自己像个进了水的人，摇一下便"咣当"作响。不知何时在一片汪洋里睡去。漂浮到阳光跃出地平线的刹那。听得遥远的呼唤声。"流苏，流苏……"睁开眼睛的时候，看到姜夏温暖的脸和萧微蹙的眉头。额头滚烫，嘴唇干裂。试图坐起来，却感到浑身轻软无力。

"我很好。"冲着他们挤出一个轻微的笑容。

"流苏，你总不懂得心疼自己。"姜夏柔软的手抚过我的额头。

萧点了一支烟，背身走出房去。

我不是一个柔弱的女子，无数次的漂泊里，已经习惯了自我疗伤与慰藉。我害怕得到，因为不知道自己应该如何付出。眩晕着下楼的时候，闻到舒服的香味从厨房里飘出来。姜夏在煲汤，萧将鸡蛋敲进碗里。厨房里有氤氲的雾气，将他们层层包裹。

我站在雾气之外，看着他们，心中充满安详。

（四）

夏天更深的时候，我所在的单位迁址往北。如同往常，每天我们一起出门上班，唯一不同的是，姜夏往南，我和萧往北，走上一小段路，然后等各自的公车。

又开始连绵的阴雨，也开始忙碌。日子是用来打水的竹篮。

下班的时候，去搭公车，被一阵突如其来的暴雨困在了某个陌生的小店前。看倾泻奔跑的雨点狂乱敲打，把手伸出去试着感受那种放肆的下坠。对着老板说："给我来一瓶娃哈哈的有机绿茶。要冰的。"然后把瓶子贴在脸上，凉凉的，透心。"老板，再来一瓶。"是萧的声音，在背后响起。与他同时出现的，是能遮挡雨水的大伞。

"喜欢绿茶？"

"嗯，一种微甜微苦的滋味，让人一想起来，就要闭上眼睛。"

和萧一起坐上回去的公车，雨水在车窗上滑动。很多时候，我们并不说话。

只有雷声在天外，轰轰的。

下班的很多时候，萧会突然出现在视线里。阳光明媚的天气，怀抱着整袋的橘子坐在车厢最末一排，树叶的阴影在斜阳里掠过一张张脸。有很多次，会突然希望车子就这么一直开下去，永远不要停下来。

休息日，除了和姜夏闲逛和独处的日子，有了萧的加入。

三个人会在山脚下的梅园里坐上几个小时。满目细碎的翠绿，以及稍远处不断向上延伸的山道石级。一切一切都是那般安静地存在。很长时间把头仰靠在石椅背上仰望天空，看树木的细枝末节错综地铺陈开来，就像走过的路、遇到过的人。和着树叶缝里漏进的点点阳光，那种抓不住自己的感觉。像个游戏。我们会顺着山道石级，追赶着往上奔跑。姜夏的笑声，萧沉稳安定的招呼。我总是在他们的奔跑里，丢弃了自己。会转入另一片没有路的林子，看无数只细小的虫子把我的眼睛当成它们可以容身的洞穴。走吧，飞吧，越远越好。阴暗的地方会折了你们的翅膀。我的语言在于它们也是嗡嗡的吧。

转身，萧不知何时站在身后。"流苏，学着告别吧。告别曾经的时光，告别所有的苦痛。我们都是这么走在路上，还要一直一直这么走下去。很多事，都要学着这么去对待它。"我错愕地看他，看阳光开始转移它的视线，将我们三个人的影子拉得更加瘦长。

我渐渐变得贪睡和赖床，只为了错过和萧一起往北的时间。天气又开始不好，雨一直下。在车厢靠窗的位置坐下，售票的已经熟识了，转头招呼我："上班去？"我笑笑。把目光落在窗外那条干涸的河流上。没了流动的水，它就不能称之为河流了。只是一条遍布泥沙的沟壑。心情亦是如此吧。要想清澈，减少污染。

在办公室坐着，用微笑的脸、散淡的话语将自己层层包裹，波澜不惊地虚伪。有些累，有些荒凉。下班，进客厅的时候，姜夏欢快地跑过来，一手揽住我，一手揽住萧。她明亮的眸子有娇俏的笑。"知道今天是什么节日吗？"她指着客厅的电视屏，一行字幕正缓缓地在眼前膨胀开来：七夕节，愿天下有情人终成眷属。

"萧，带我和流苏去看电影！"姜夏柔软的声音有令人无法抗拒的魔力。

萧看住我，轻微地点头，"好，去看电影。"

影院凉凉的台阶和狭小的窗口，只适宜收留买到票后单纯的喜悦。

我微笑着看住姜夏："我不去了，你们去吧。"我转身封锁了萧的欲言又止和姜夏的再次要求。

困在房间里昏天黑地地看黄磊和刘若英的《似水流年》，极少的对白，感情都在注视里缓慢地滋长。黑白的水乡，像个梦境。又反复着做梦，梦到母亲追赶外婆的身影，梦到冰雪封盖的山川河流，梦到光秃的枝丫间惨白的脸和猩红的嘴唇，母亲终于一把抓住了外婆，她用红绳绾起的白发飘散开来，她转头望向母亲，风将她脸上的发吹得扬起来，那素净的脸在冰雪的背景里更加清冷，那不是外婆，那是我的脸！我刹那惊慌，抬头寻找母亲的眼睛，那宽厚明亮的眼睛，是萧的眼睛。我愈发惊慌，挣脱开抓住我的手，往无垠的冰雪深处狂奔而去。

（五）

情绪空前地不安定。医院，反复地去医院。害怕自己走上外婆的道路。

坐在医院长廊的椅子上，等待医生的接见。医院很破旧，晦涩的气息在通道里蔓延开来。我眯起眼睛，看尽头那扇半开的门，门外是刺目的阳光和随风摇动的绿色植物，还有更远处一些白色的建筑。更多窗户在视线里重叠，而风在长长的通道里迂回穿过自己的身体。仿佛能看见它的形状，是流动着的灰色的线型。想有人能陪我坐一会儿，在那条暗沉沉的长长的通道里，也许我们能一起感受风穿越身体，也许我们只是静静地不说一句话，看阳光在远处漾开。医生说："抑郁的孩子，你必须自己从自己的捆缚里走出来，一切只能靠你自己。"我把脸埋在手心里，感到无比困乏。

感觉自己像太阳底下晒干的豆子，起皱了，坚硬了。

秋天还没有真正来临。立秋了，预示着夏天最炎热的一段时间已经结束。傍晚的风声里有了雨的气息，潮湿汹涌，但它还是悬在空中，将来未来。三个人，围坐在客厅里，姜夏用她新买的咖啡壶煮热气腾腾的咖啡，整个屋子弥漫着微醺微苦的味道。

"说说最想做的事好吗，流苏，从你开始。"姜夏把调好的咖啡递给我。

"我？无所顾忌地远行。"

"为什么要远行？停留下来不好吗？"

"因为不知道为什么停留。"我喝了口咖啡，不再继续。

"你呢，萧？"

"我只想好好活着。"萧有些冷淡，燃了支烟，坐到靠窗的大沙发里。

姜夏转过头，轻声地说："我只想永远和你们在一起。"

永远有多远？我把杯子捧在手里，它熨帖的温度隔着肌肤从指缝里一点一滴漏出去。"好像下雨了。"我把目光投向窗外，玻璃上已有细碎的水珠斜斜地躺下来。萧的眼神再次漫过来，仿佛突如其来的雨，在窗户上肆意撞击。那些雨也是有生命的吧，要不，怎会如此狂乱？再给我一点时间，让我学会不害怕。我在心里默念着。不敢看萧的眼睛。

回到阁楼上，打开小小的窗户，窗纱飞舞，在无尽的黑里像一条白色的蛇。知道自己到了离开的时刻了，我必须逃离，我必须自己把自己尽快治好。晚上，收拾简易的行李，坐在行进的车里，看着窗外陌生的景物不停置换，看着万家灯火在黑色里一一漾开，看着雨点在车窗上慢慢成形，看着那些离开和出发的人在各自的世界里奔走，看着时间里的那个我和时间外的另一个我，知道自己正离姜夏和萧越来越遥远。感觉自己在上升，然后飘起来，甚至离开自己。车子很破旧，颠簸着迟缓前行，在阴沉的天色里人们闭上眼睛。一个人醒着，却疑似梦中。

而秋天仿佛在一夜间就这般结束了。

（六）

　　在另一个完全陌生的城市，开始自我疗伤，坚定地过自己的生活。坐在凉凉的风里想一些事情。如今的夜再没有真正的黑。那种深入骨髓的漆黑，都被深深浅浅的彩色的光亮所替代。仰头看天的时候还是纯粹的，如果你懂得如何看三维立体画，那么在你用同一种方法看天空的时候，会有一种感觉，仿佛自己被一种力量压迫着，又瞬间在一片无垠里蒸腾，那是种扩散的迷惑和悸动。

　　我想，我是在一个不停转动的旋涡里，每一次探出头来，又旋下去，又探出头来。

　　好几次我觉得自己已经站在了岸上了，露水清凉，青草飘香。

　　我终于在一次次梦境里平复了自己。每一个深夜，都能听到身后萧沉稳坚定的声音："流苏，学着告别吧。告别曾经的时光，告别所有的苦痛。我们都是这么走在路上，还要一直一直这么走下去。很多事，都要学着这么去对待它。"

　　三年过去了。我终于回来了。

　　走在似曾相识的景致里，总有刹那的恍惚。过去的那些季节，我也在那里走着。仿佛从未曾走出来，又好似总在外面，从未走进去。时光就在那里被切割成一片又一片。看到那些梅树，苍凉又遒劲，在头顶瑟瑟着。

　　姜夏就在身边，她将我带到蔷薇河边。"流苏，你知道吗，萧已经走了一年多了，不再回来。那时候他来山下小住，原也只是为了休养身体，我们总是战胜不了癌症，纵使我们多么不愿离开，他无法挽留你。可他知道，你一定会找回自己，再次回来。"

我把头垂下去。

蔷薇河饮泣的声音，萧，你可曾听见？

晚上，在阁楼的黑里，我又开始做梦。梦到一群黑衣的模糊的人，抬着个长长的柜子，柜子顶上有个黑色的相框。他们经过我的时候，那个相框就倾斜着倒下来。我并不试图抓住它，那些玻璃碎片飞溅的速度很缓慢，放射着，烟花一般。碎片之中，是萧宽厚明亮的眼。告别曾经的时光，告别所有的苦痛。我们都是这么走在路上，还要一直一直这么走下去。

冬天的第一场雪在窗外纷纷扬扬的时候，我收拾行李准备离开。姜夏送我，两个人并排坐在公车最后的位置。

"最后的位置真好，好像我可以看到一切。"姜夏轻声说。

"是吗？我只是觉得，最后的位置真好，别人都看不到我。"我把热气哈在玻璃窗上。

"我不是看到你了吗。"姜夏用她纤细的手指在窗上写下"萧"。

窗外，雪渐渐大了。隔着车头的大块玻璃，看到那些飞舞的精灵旋转四散。心情于是也四散开来，相处的日子一幕一幕在雪花里若隐若现。再隔 N 年，再在一个下雪的冬天，我们会在哪里？

"流苏，记得当下，一定要记得，别再逃离！"姜夏的声音越来越远。

车子在十字路口停住的时候，右边一家酒店的门口正燃起七彩的烟火，车窗玻璃上印出自己睁大的眼睛，只有一只，另一只埋在夜色中。我有些难受，在这样一个夜晚。鞭炮"噼噼啪啪"地响起来，跳跃的喧嚣。我想买张 CD，我想下车。在唱片店里，我戴上耳机，闭上眼睛，我知道音乐就像潮水一样，"哗——"的一声就可以将我淹没。

而窗外是纷乱的大雪。

萧，多怀念双手触摸到你的感觉，而你，一定就在夜的另一端。

死亡，只能证明我曾活过

躺在床上，腿蜷曲着，每一寸肌肤底下仿佛都有一颗跳跃的心脏，它们鼓动着，想从我的皮肤底下突围出去，我使劲地想挪动一下我的双腿，却发现它们不再是属于我的一部分。我奇怪我一点也不恐惧，我甚至欣喜地发现，自己正以一种流沙的状态往一个没有尽头的地方而去，而在无数颗跳跃的心脏中，胸腔里的那一颗却静静地睡着了，我看着它安详的模样窃笑起来。原来，我是死了。

关于我死了之后，最先触动的是在我死之前的最后那段时光里和我相处的三个人。他们在互通这个难以置信的消息之后，反复地揣摩我那段最后时光里的音容笑貌。尽管他们知道在那段时光里的我是完全不能用这四个字来形容的。

我想甲一定是哭了，没办法，女人是水做的。她边哭边看着瓶里的一束玫瑰花，我记得她说过这种玫瑰花的颜色她还是第一次看到。我当时想那颜色就像干涸的鲜血，暗沉而又浓烈。原来那束花她是准备送给我的，还是要去献在柳如是的墓碑前的，她也开始糊涂了。

一想到柳如是的墓，她就哭得愈发伤心，为什么在我最后的时光里她要带我去找柳如是的墓呢？她好像也看到了墓中的我。尽管那天只是她的生日，而找柳如是、钱谦益的墓也是她想在生日这一天所要完成的事。她想买一束玫瑰花把它献在柳如是的墓碑前，但在这之前她遇到了我，她把那束玫瑰花献给了我，而我并没有带走那些干涸血色的花朵，它们终还是插在了她桌上的花瓶里。她想，这一回，她是真的要带着这束花去找我的墓了。这是宿命吗？

乙一直在想那瓶洋酒，在阜成门的城墙之上，他也有想狂饮的念头，不过他没有这个机会。酒在我的手里，万家灯火就散落在山外，闪闪烁烁遥远的温暖，怎及这四十度的洋玩意儿来得浓烈辛辣。是不能饮，不可饮，也要拼却的一醉。

空瓶在我手里，厚重的玻璃，冰凉的触感，就像城墙上灰黑色的砖块，想起背靠砖块的那一刻冷漠冰凉的眼神。我做了一个抛掷的动作，他们都惊呼起来："别呀，扔下去会砸到人的！"我想把手中的瓶子敲碎在这城墙的青砖之上，听它碎裂的声响，然后拿着带刺的瓶颈大笑着指向他们。我一定会吓着他们的，我终于换了个方向，瓶子从我手中脱离出去，向着山的那一边跌落。乙一直在想：我是从哪搞出来这么一瓶洋酒的？她真的死了吗？

　　想起来丙手心里的一点温暖，在灯火辉煌的玻璃柜台间穿行，要是没有牵引，我将会撞到哪里？甲的生日哦，给她买个礼物，什么时候，这些柜台里闪亮的东西都让我感到刺目了？这就是凡间吧，琐碎的凡间，我是不是在那一刻就已经预感到了我的死亡呢？我想是的。我们刚从西城楼阁上下来，那么多的石级，就像心中的阶梯，我一路滑下来，我右脚的鞋跟掉了。我在平台上停下来，笑得喘不过气来，我说："我的鞋跟真的掉了！我现在已经不能平行着走路，谁能背背我？"说完我自顾自高高低低地一路滑下去。丙想起来，背一个人其实很容易，只需弯一弯腰，可突然我一下子没了。

　　夜风无尽地凉哦，我独自坐在柳如是的墓碑上，我的脚悬着，周围是深深的蓝色，风彻骨的冷，他（她）们找了很久没有找到的墓，却不知道我一直坐在上面。那天我穿了件火红的小袄。在口袋里，我摸到了爬城墙时掉下的一个鞋跟。我把它拿在手里，把玩着。我不能再这么高高低低地走路了，我要向着没有尽头的地方去。

　　于是，我吹起了口哨，在柳如是的墓碑上，那声音如脆裂的锦帛，划破了夜的寂静。

　　我现在开始飘移了，既不用买车票、船票，也不用买机票。我想飘到哪我就飘到哪。又到午夜十二点了吧，我飘到了一条长街之上。我看到了那个黑色的影子，在昏黄的路灯的光线里，影子被拉得更加瘦长。整条街上空无一人，他开始倒退着跑起来，跑了一段突然停住了。他对着夜空大声地喊："飞扬，飞扬，飞扬！"他嘴巴里呼出的白气喷到我的脸上，蒙住了我的眼睛。我就在他的头顶，我说："忘了我吧。"
他说："没有记住怎会遗忘。"我说："那我就放心了。"他并
不答话。

我继续向前飘移着，我看到一盏灯光下的一张脸，微蹙
的眉头，沉默着，手指因为常年的劳作而关节粗大。烟夹在
两个手指间，烟灰已凝结了很长的一段，终于支持不住，无
声息地掉下去。他继续用力地吸了一口，再把烟雾从嘴巴里
吐出去。我就在烟雾中站着，我想他或许看到我了。我一点
都不担心他，他会继续这么下去。不过烟灰掉落的时间会越
来越长。

我终于往回飘了。黎明马上就要来临。我在吧台的沙发
上看到了他，和我相处了十年的人。他坐着，双肘支在膝盖
上，头垂在裤裆里。能看到他头顶有些微地脱发，那隐约可
见的头皮突然让我心酸起来。我想飘过去安抚一下他，我死
了，一个用来猜疑、相斗的人终于是没有了，该松一口气了
吧，为何又如此地无所适从呢？

卧室旁的浴室里开着亮晃晃的灯，我终于看到了我的孩
子。她光着屁股坐在马桶上，没穿袜子，她正在大声地唱歌：
"我爱我的爸爸，我爱我的妈妈，我有一个幸福的家，幸福
的家……"她的声音真好听。我想飘过去亲亲她粉嫩的小脸，
我想闻一闻她身上的香气，可我终于从她的身体里隐了过去。

我刹那悲哀起来，我终于是没有了。

死亡，只能证明我曾活过。

相忘于江湖

　　记得爷爷死后，与父亲一起清理他的房间，将他睡的那张老式花板床细细拆卸下来。在取床头的一块花板时，摸索到一个软软的小包，打开，里面是相绾的两缕头发。心底触动，而后恻然。"结发为夫妻，恩爱两不疑"，古时的礼仪一路传承，到我爷爷这辈，依然是在新婚之夜，将男左女右各剪下的一缕发丝绾在一起，用小块棉布包裹好，悬在床头隐蔽处，意味着两个人在余下的岁月里将相互扶持，一起慢慢由青春年少携手走向白发苍苍。然而这绾在一起的两缕发，其中一缕想必不是二奶奶的，而是大奶奶的。

　　我的奶奶，是爷爷的第二个妻子。大奶奶在生下大伯后不久就病逝了，爷爷又娶了二奶奶。"后妈"在人们的定向思维中一向是无比厉害的角色，偏偏二奶奶这个后妈又是刀子嘴豆腐心。大奶奶娘家的人就住在村子的附近，因此二奶奶这个后妈不好当，处处给三姑六婆编排挤对，也给一些村里的长辈们指使教训。后妈的孩子，也就是我的父亲和我的姑姑小时也受了不少的委屈，因为这些大大小小的委屈，成就了父亲暴躁的本性，而这本性又毫无保留地遗传给了我。

二奶奶在我刚出生的一个月后，因一场无法解说的邻里纠缠在自家的堂屋里上吊而亡。我从未见过她的样子。小时偶然闯入爷爷的房间，好心好意地想帮他将书桌上的灰尘抹干净，常招来一顿大骂，仓皇着逃出他的屋子，心里还有小小的委屈。某日终于逮着机会，偷偷溜进去，将桌上的东西一一搬开，用抹布细细擦拭。见到桌子的一角灰黑的棉布包裹的长方形物件，轻轻打开，二奶奶的骨灰盒和照片一下子显露在眼前。我尖叫着撒腿狂奔而去，自此再不敢随便进爷爷的房间。而二奶奶的模样只在一瞥里留了个模糊的印象。后来在一些长辈们看着我日渐长大的眼神里大约知晓了一点，二奶奶长得并不漂亮，她给我们家传承了一个具有明显标志的鼻子。这个像小狗一样的鼻子错过了我爸和我姑，在我这得到了充分传承。我因此而努力回想过，只能记起来二奶奶剪得齐耳的发，额前的刘海用一个发卡卡住，五官不详。而一九九七年爷爷就是靠在那张花板床上，在父亲的臂弯里将头和身子缓慢地沉下去。

爷爷死后，与大奶奶合穴而葬。二奶奶的坟，只能在边角上遥遥地观望着他们。

这是乡村乃至这座南方小城不成文的规矩，千百年来代代相传。夫妻一场，半路分道扬镳或无奈死别的，死后，结发夫妻须合穴而葬，如若不然，后辈便不得安生。也就是说，不管生前两人如何地不和睦，如何因种种缘由不能再相守下去，死了又给你打回原形，去阴曹地府继续朝夕相伴、水火不容去。这规矩千百年来留守下来，不去破除它的唯一捆缚是为了后代的安宁昌盛，生时都做不了主，死后的一把骨灰葬在哪又如何？关于这个恶毒的咒语是从哪个先人聪明的脑袋里长出来的，无从考证，就算你不去信，这些祖祖辈辈留守着这条咒语的人，却从未动过一丝一毫破除它的念头。人活着，顺应大流，就能滋润，若想离经叛道，对不起，群起而攻之。愚昧的人们并不分曲直对错，大多数人站的一边，就是真理。荒谬的真理。

生亦不能安然相对，或因种种原因而各奔西东，死后，如何还要做一种无谓的捆缚？何其哀！

回望二〇〇七年，结束一段为期十年的婚姻。各奔东西。给彼此一个更为广阔的天地繁衍生息。并希望在各自崭新的天地里，能够顺畅安然，找到合乎自己的生存状态，各自相惜。

十年，弹指一挥间。

刚刚毕业那年，对着自己说：三年内不涉及爱情与婚姻。为这几近迂腐的自我约定，一次次拒绝三年同窗的他数百封的鱼雁传情，装作不知，将"友谊"高高抬起，也蒙蔽自己。五年后，在婚姻登记处遇到心头郁结的那块心病，看到他和她的新娘，将自己对诺言的信服彻底击碎，尽管那个诺言是自己回避的诺言。等待一个人三年、五年、十年，等待一个人长大，或者更久远一些，不过是一句风中的话。自此，字典里抹去永远和请相信。穿着白裙独自在老街上往返，却不曾知晓自己落入另一个人的眼中。一个以后将成为自己丈夫又必分离的人。姻缘弄人。如今想，那个老街的转角，每次看我经过的时候，或许都曾伸手试图阻止，只是它心知肚明却伸不出手。

　　而我自己也不知晓，一个坐在老街转角处矮凳上的男子，正一次次用他的眼专注地望着我。很多人都说他是个长得英俊的男子，一米八的个，浓眉大眼，皮肤白净，手指修长。后来，他告诉我，彼时他想："要是这个女孩能做我的妻子，该有多好。"

　　他如愿以偿了。他的如愿以偿轻松而又快捷，甚至于我，都一时没能缓过神来。我正和自己怄气，和一个约定怄气，并和那数百封的鱼雁怄气。我不知道自己究竟是怎么了，这气怄得一文不值，归根结底，我是在和我的自尊怄气。当我明白这一点时，时光已经流逝了十年。我用自己想要保有的自尊，舍弃了我整整十年的美好光阴。而在那段时光里的我浑然不自知。

　　从一开始，这段婚姻就承载了钢丝绳上的我们。也成就了日后三个家庭的离离合合。世间的悲欢，由一个小小的选择而起，同时写就了各自全然不同的命运。

　　这个英俊的有着公认的好脾气的男人，在一年又一年里开始变得病态与疑虑，而曾经白裙的女子，也日渐被生活磨得孤僻乖张。所有的劣根性，被生活这张锻床越磨越原形毕露。

　　谁都没有过错，过错是不应该在一起，更不应该再在一起。

　　庄子《大宗师》里有这样一句话：泉涸，鱼相与处于陆，相呴以湿，相濡以沫，不如相忘于江湖。与其誉尧而非桀也，不如两忘而化其道。

　　泉水干涸了，两条鱼被搁浅在陆地水洼之上，眼看即将干枯死去，于是不得不互相以唾液相濡，以苟延残喘，期待一线重生的希望。而身在水中之鱼却自得其乐地游弋，见面时打个招呼，随即又自由自在地各自徜徉于江湖之中。于鱼之乐，何去何从？如果你是鱼，愿相忘于江湖还是苟延残喘地相濡以沫？如果你是鱼，难道不愿意享受自由而去选择痛苦中的不得不相偎相依的挣扎吗？

　　在长长的十年中，各自精疲力竭。相偎相依无法在人为的牵强附会里一路走下去。那样的生活是不正常的，对鱼儿而言，应该是海水漫上来，它们回到属于它们自己的天地，然后，相忘于江湖。在适宜它们的地方，平静地生活，忘记对方，忘记那段痛苦。对它们来说，那才是属于它们的真正广阔之地。

　　分手，是必然的结果。十年之后，大雨，站在离婚登记处的门口，看到墙上一排鹅黄色的字：相聚是一种缘分，分离是另一个开始。

　　红颜弹指老，刹那芳华。

　　死后，请将我的骨灰，撒向茫茫大海。